Tucholsky Wagner Zola Scott Sydow Freud Schlegel
Turgenev Wallace Fonatne

Twain Walther von der Vogelweide Fouqué Friedrich II. von Preußen
Weber Freiligrath Frey

Fechner Fichte Weiße Rose von Fallersleben Kant Ernst Frommel
Richthofen

Hölderlin

Fehrs Engels Fielding Eichendorff Tacitus Dumas
Faber Flaubert

Eliasberg Ebner Eschenbach

Feuerbach Maximilian I. von Habsburg Fock Eliot Zweig
Ewald Vergil

Goethe London
Elisabeth von Österreich

Mendelssohn Balzac Shakespeare Dostojewski Ganghofer
Lichtenberg Rathenau

Trackl Stevenson Doyle Gjellerup
Hambruch

Mommsen Tolstoi Lenz Droste-Hülshoff
Thoma Hanrieder

Dach Verne von Arnim Hägele Hauff Humboldt
Reuter

Karrillon Rousseau Hagen Hauptmann Gautier
Garschin

Damaschke Defoe Hebbel Baudelaire
Descartes

Hegel Kussmaul Herder
Wolfram von Eschenbach Dickens Schopenhauer

Bronner Darwin Melville Grimm Jerome Rilke George
Bebel Proust

Campe Horváth Aristoteles

Bismarck Vigny Barlach Voltaire Federer Herodot
Gengenbach Heine

Storm Casanova Tersteegen Gilm Grillparzer Georgy
Chamberlain Lessing Langbein Gryphius

Brentano Lafontaine

Strachwitz Claudius Schiller Kralik Iffland Sokrates
Bellamy Schilling

Katharina II. von Rußland Gerstäcker Raabe Gibbon Tschechow

Löns Hesse Hoffmann Gogol Wilde Vulpius
Gleim

Luther Heym Hofmannsthal Klee Hölty Morgenstern

Roth Heyse Klopstock Kleist Goedicke

Luxemburg Puschkin Homer Mörike

La Roche Horaz Musil

Machiavelli Kierkegaard Kraft Kraus

Navarra Aurel Musset

Nestroy Marie de France Lamprecht Kind Kirchhoff Hugo Moltke

Nietzsche Nansen Laotse Ipsen Liebknecht
Marx Ringelnatz

von Ossietzky Lassalle Gorki Klett Leibniz
May vom Stein Lawrence Irving

Petalozzi Knigge
Platon Pückler Michelangelo Kafka

Sachs Poe Liebermann Kock Korolenko

de Sade Praetorius Mistral Zetkin

Alarm im Jenseits

Heinrich Seidel

Impressum

Autor: Heinrich Seidel
Umschlagkonzept: toepferschumann, Berlin

Verlag: tredition GmbH, Hamburg
ISBN: 978-3-8424-1382-5
Printed in Germany

Text der Originalausgabe

Willy Seidel

Alarm im Jenseits

Novellen

Im Propyläen-Verlag / Berlin
[1927]

ALARM IM JENSEITS

I

Im Bankenviertel gibt es eine fürnehme Seitenstraße, und in dieser steht eingeklemmt ein Haus, das wohl um 1800 herum entstanden ist. Es hat eine Fünffensterfront nach Norden. Es ist sehr reserviert, dies Haus. Vom 1. Stock ab ist es stilrein; unten jedoch gähnt ein mit Firmenschildern gepflasterter Toreingang zu einem Hinterhof, wo es nach Hotelküchenmüll und Benzin duftet, denn dort hat sich die Filiale einer Auto- und Motorradfabrik eingenistet. So ist das Haus im Erdgeschoß eine Hölle von Gerüchen und Geräuschen. Sein Bauch ist geschändet: – durchtobt von neuzeitlichem Geknatter und dem Eilmarsch kolonnenhaft hindurchströmender Bureaufiguren, die es einsaugt und ausspeit . . . Klettert man aber im Hof die schmale Treppe zum ersten Stock hinauf, so versinkt das alles hinter einem wie ein wüster Traum. Man sieht eine vergitterte Glastür und daran – Spaß beiseite – einen Klingelzug. Man setzt ihn in Bewegung. Es scheppert umständlich in eine Stille hinein, in der es von Anno 1800 gemunkelt hat noch Sekunden, bevor du kamst. Diese hundertdreiundzwanzigjährige Stille hält erschrocken den Atem an und gebiert dann, wenn du Glück hast, in entlegener Ferne so etwas wie einen schlürfenden Schritt, der näher und näher kommt . . . Ein Schatten erscheint hinter dem Milchglas, ein verkrümmtes Skelett; spärliche Regsamkeit raschelt an klirrenden Riegeln, und unter dürrem Hüsteln entpuppt sich ein von fünfundsiebenzig Lenzen belastetes Frauenzimmer und sieht dich aus wäßrigblauen Hundeaugen schier vorwurfsvoll an . . .

Das ist die alte Afra, ein mit Isarwasser getauftes, vom Glück von jeher gemiedenes Wesen. Sie schnupft auf und sucht das Geräusch, das dabei entsteht, mit ihrer lachsfarben verbrühten Hand abzudämpfen. Sie merkt, daß sie die Resonanz nur verstärkt, und senkt die zerarbeitete Hand in die Schürzenfalte. Es ist große Resignation in dieser Geste. Gebeugt steht sie da und glotzt, ohne eine Spur von Neugier. Sie hört dein Begehren an mit der stupiden Devotion eines bezahlten Klageweibes, dem Mangel an Beschäftigung die Kehle rosten und das Hirn erschlaffen ließ. Es ist keine Flunkerei: es gibt noch greise Faktota – trotz unserer selbstgefälligen Schnellebigkeit – die wie beseelte Möbelstücke wirken, zierhaft dastehen in aller Abgewetztheit, und an die man sich lehnen möchte im Gefühl, sie müßten anfangen leise zu knirschen . . .

»Ah . . .«, sagt sie endlich, und es dämmert ihr, daß sie mich schon einmal erblickt haben müsse. Zum Einheitsbild verschmolzen, kehren in ihren ausgebleichten Augen meine fünf Doppelgänger wieder, die jedesmal dasselbe Begehren hatten und dieselbe sture Geduld. – Ich bin der Herr mit der »Wohnung«.

Ich raffe den ermatteten Rest meiner Energie zusammen und sage, mit dem Zeigefinger das Skelett bedrohend, sehr laut:

»Aber heute ist es mir zu dumm, Fräulein Afra. – Heute *muß* ich endlich Frau Bibescu wegen der Zimmer sprechen.«

Selbst geschwungene Fäuste, fühle ich, in Begleitung eines Tobsuchtsanfalls, würden keinen Wirbel in dieser bleiernen Atmosphäre auslösen. In ihren bleichen Augen rührt sich nichts; sie betrachtet mich wie ein Einsiedlerkrebs durch die trübe Aquariumsscheibe hindurch, distanziert und dumpf. Genau wie ein solcher kriecht sie auch zurück und spricht entsagungsvoll ihr gewohntes Sprüchlein:

»Ich will schauen, ob die Gnäfrau aufg'standen is . . .«

Sie schleicht hinweg, und man hört eine Tür quietschen. Es klingt, als ob man einen kaum geborenen Säugling erwürge . . . so leise und jämmerlich. – Das Begehren des Herrn »mit der Wohnung« begegnet dumpfem Gemurmel. In ferner Ecke des Aquariums sitzt ein Pulp in seinem Auslug und wird nun von dem Einsiedlerkrebs durch Betasten zager Organe oder Bruchstücke im Dialekt zögernd informiert . . .

Endlich taucht sie wieder auf und trägt ein Lächeln an den Mundkanten. All die behaarten Leberfleckchen lächeln mit. Sie spricht und hält die lachsfarbenen Hände dabei parallel den Schürzenfalten –: »Heut ham S' Glück, Herr. Die Gnäfrau is disponiert. Hocken S' Ihnen derweil in 'n Salong. Die Gnäfrau kommt in zehn Minuten . . . hat s' g'sagt.«

Auf borstigen Filzschlappschuhen strebt sie in steifer Luftlinie einer Tür zu, in deren Rahmen sie sich aufbaut. Ich begreife die Ermunterung und schreite hinein. Die Tür schließt sich. –

Ein prächtiges, ein mächtiges Zimmer ist's, darin ich sitze, schier ein Saal. Es ist Halbdunkel, weil die gelben Damaststores an den zwei Fenstern herabgelassen sind. Ich befinde mich in Gesellschaft großer, trotziger Möbel, deren Schlummer ich störe. Es riecht nach Staub. An der Wand steht ein Gebäude aus Mahagoni, mit Schnörkeln und Schnecken, die Meisterleistung eines Handwerkers, der vor sechzig Jahren blühte. Vor mir als spiegelnde Wüste dehnt sich ein Tisch, an dem zwanzig Gespenster bequem tafeln könnten ohne Besorgnis, sich mit den Ellenbogen zu genieren. Um diesen Tisch gruppieren sich frühviktorianische Stühle, hochlehnig, steif, die schlicht geschweifte Armstützen öffnen. Diese Gruppe ist in das gelbe Dämmerlicht der Stores getaucht und empfängt mich mit Ansprüchen, die leise knacken. Oder gehen diese Geräusche von dem Möbel aus, auf dem ich sitze? Ist es mein Pulsschlag, der die mit geblümter Cretonne überzogene, britisch geräumige Polsterung zum Protest anregt? –»Ein Besuch«, denkt das Möbel und wird kritisch. Ich beruhige es, indem ich es streichle. An den Wänden dämmern, halb verwischt durch die Mausoleumsbeleuchtung, Schabstiche, von längst verdorrter Hand in Rosa und Hellblau koloriert: nacktbusige englische Backfische, deren ländliches Gemütsleben durch zerbrochene Krüge und entflogene Piepvögel erschüttert ist und die verschollene Zähren vergießen. Auf anderen Bildern ist ihre Unschuld durch stürmische Herren mit prall sitzenden Wildlederhosen in Frage gestellt. Diese Unschuld klagt in altmodischen Symbolen zu den Wattewölkchen zärtlicher Himmel hinauf. Und immer wieder ist es der gleiche veilchenblaue Augenaufschlag der Hamilton . . .

Ich werde ganz versonnen; die»Gnäfrau« läßt auf sich warten. – Endlich klinkt der Messinggriff der hohen weißen Tür, und etwas Dunkles, Feistes rauscht an mir vorüber mit den in österreichischem Akzent geäußerten Worten:»Kleinen Moment, Herr Doktor . . . Ich mach' sofort Licht . . .«

Sie zerrt an den Schnüren der gelben Stores; das grelle Asphaltlicht des heißen Julimittags dringt ruckweise herein. Unter brüchigem Schnurren vergewaltigt sie den Mechanismus; bald ist der Raum voll trockener Sonne, die von den gegenüberliegenden Fenstern des erzbischöflichen Palais reflektiert wird. Der Glanz erobert sich noch die eine Hälfte der Mahagoniwüste; wir beide bleiben im hellen Dämmer sitzen. Feist und dunkel rauscht sie zurück und bietet sich der Betrachtung dar. Es ist die Üppigkeit einer Odaliske, die zunächst an Frau Bibescu auffällt. Ihr Leib ist von tief violenfarbenem Hausgewand aus Schillersamt umhüllt. Darüber pendelt eine Garnierung von haarsträubend verwahrlosten echten Spitzen; sie quellen überall hervor, es ist ein Reichtum. Der Busen, eine undefinierbare, mattschimmernde Masse, wird vom Hausgewand mild gebändigt, ohne jedoch Einschränkungen zu erliegen. Im Gegenteil: er kennt keine Grenzen, wie die Liebe.

Die Züge sind regelmäßig wie bei einer augusteischen Gemme; heller Bernstein. Man kennt die Leere, die oft in der Symmetrie »klassischer Antlitze« haust. Der blasse Mund (oder ist es nur der Teint, der die Lippen blaß erscheinen läßt?) zeigt porzellanweiße Zähne in erstarrtem Lächeln. Die fein geschnittene Römernase bläht die Nüstern; lichtziegelrot blitzt es auf, wenn sie in schalkhaften Momenten den Kopf zurückwirft. Diese Nüstern sind das einzige Rege in dem sonst toten Gesicht. Denn die Augen, so grell sie auch rollen unter bläulichen Liderkuppeln, behalten den Ausdruck bei des nicht ganz Bei-der-Sache-Seins, des Zurückspähens in den Osten: animalisch, melancholisch, entlegen ... Niedere, glatte Stirn tritt aus blauschwarzer Frisur, die sich im Nacken zu erstaunlichem Knoten schlingt. Dies Haar ist echt und hat den Glanz von Rabenfedern. An dem Modellierwachs flacher Ohrmuscheln hängt, Blutstropfen gleich, Granatschmuck. Er klirrt leise, sobald der Kopf auf bewegtem Busen ins Schaukeln kommt ...

II

»Sie haben Glück, Herr Doktor. Sie sind der einundzwanzigste Herr, der die Zimmer will. Warum Sie sie wahrscheinlich bekommen, werden Sie erfahren, wenn wir uns ... näher kennen. Sie wer'n es mir zugute halten, daß ich ein wenig mißtrauisch bin, es ist Lindas wegen ... Wer Linda ist? Nun, Linda ist meine Tochter; ein Prachtkind, ein talentiertes ... Ich zeig' sie Ihnen nachher ... Schüchtern ist sie ja. Aber heißes Blut hat sie geerbt von mir; tchaa ...! Ich bin zwar jetzt eine enttäuschte alte Person; aber auch ich war einmal knusprig ...«

»Nun, nun; das kann unmöglich lange her sein!«

Sofort entfährt ihr ein gurrendes Kehlgelächter; licht blitzen die Nüstern. Ich nehme die Wirkung wahr und werde distanzierter. »Handelt es sich um dieses Zimmer hier?« frage ich.

Sie nimmt Strenge an. »O nein, Herr Doktor. – Dieses Zimmer ist ein Sanktum; hier wohnt mein Mann.«

»Aber Sie sind doch verwitwet, gnädige Frau . . .«

»Ich bin Witwe und bin es auch nicht, Herr Doktor. Lassen Sie mich Ihnen sagen, daß es so einen Zustand gibt.« Sie flüstert, und ihr Gesicht, die Kamee, spiegelt sich verschwommen in der Tischplatte; ihr Zischeln läßt einen matten Hauch darüberhuschen. »Hier –«, und sie blickt sich um wie ein witternder Falke, mit ruckweisen Profilstößen, »lebt und webt er. Glauben Sie mir, er würde sehr zürnen, wenn so etwas wie . . . ein Nachfolger es sich hier bequem machte . . . Er ist eifersüchtig!« spricht sie mit sonorer Altstimme, laut, vernehmlich. Die bläulichen Augäpfel rollen, leises Echo des Wortes bebt nach in verstecktem Klirren alten Porzellans. Es ist, als zucke ein vergrabener Pulsschlag durch den greisen Mahagoniturm des Büfetts. »Er kontrolliert mich! – Neulich –« und der mattschimmernde Busen gewinnt, von einem pfeifenden Seufzer gehoben, an Plastik – »fand er so viele Worte für seine Entrüstung, daß Linda kaum folgen konnte auf der Schiefertafel. Dabei schreibt sie schnell. – Es ist ein Kreuz.«

Ich finde mich sofort zurecht. »Aha«, sage ich. »Dann muß man ihm eben, im selben Tempo, zu verstehen geben, daß er sich, den Teufel auch, verständlicher manifestieren soll. Es ist überhaupt billig, aus dem Jenseits heraus zu schelten. Man bringt die eigenen Argumente so schwierig an. Und versucht man's doch, so verschanzt er sich hinter dem großen Schweigen, wie?«

Sie blickt mich schier entgeistert an. Sie rückt näher herzu, mir wird wieder schwül. Doch sie meint es diesmal nicht so, o nein; sie fühlt sich verstanden und ist fast außer sich darüber.

»Ich hab' mir's gleich gedacht, als ich Ihre Dichterstirne sah, Herr Doktor,« murmelt sie hingerissen, »daß da ein Mensch gekommen sei, ein seltener, der meine ganz schaurig-schöne Situation begreift . . . Ihnen sag' ich alles, und was wird sich erst Linda freuen, das Kind, das zutrauliche . . . Also hören Sie. – Mein Mann schmeißt

mit Invektiven, das stimmt. Lediglich weil ich einen Freund hab'.
Denken Sie, und ganz platonisch. Ein alter Herr, nah an Siebzig!
Bitt' Sie, ist das ein Grund für meinen Mann? So ein bisserl ist der
alte Herr ja noch zärtlich; aber was kann da weiter herausspringen,
bei siebzig Jahr'! Nur ein paar Ausdrücke hat er, wissen Sie, wie ein
Kind, wenn es was möcht'... und diese Ausdrücke: da könnt' ich
tiefsinnig werden! Die hat er von meinem Mann! ›Ganz mein
Mann‹, sag' ich dann zu ihm! – Und dann freut er sich, das Dum-
merl, und ist ganz zufrieden... Vorkommen tut nie etwas, weil ich
treu bin, und es fällt mir nicht schwer... Aber es scheint, daß der
Jenseitige kein Urteil hat. Eine beschlagene Brille, sozusagen. Er
glaubt einfach, er wird betrogen, und dann schimpft er ohne Sinn
und Verstand...« Sie tupft sich die Augen mit dem Taschentuch.

»Nun ja«, meine ich. »In diesem Fall haben Sie's aber doch leicht.
Warum sagen Sie nicht einfach zu Linda: ›Leg' die Schreibtafel
weg!‹? Dann ist er doch gestraft! Dann ist ihm der einzige Weg ab-
geschnitten, auf dem er sich bemerkbar machen kann...«

Sie starrt mich an, schier atemlos. Nichts rührt sich in der Kamee
ihres Gesichts. Sie sieht drein wie ein hellenistisches Mumienport-
rät. Der Mund steht halb offen, wie gelähmt. Übermäßig viel neue
Ideen – (fühle ich) – gibt es nicht in diesem Hause; und die meine
war sehr neu. – Endlich dringt es ihr geflüstert aus der Kehle, hilflos
bestürzt und halb fragend:

»Aber ich bitt' Sie: – ich darf ihm doch den Rapport nicht er-
schweren...?«

Dies ist irgendwie sehr rührend. Mein Zynismus verraucht wie
Fleckwasser. Es ist toll: eine Frau, die einem Phantom die Treue
hält! – Eine Bukarester Odaliske, die ihre Erotik knebelt, um einen
Geist nicht zu verkürzen! Die ganz listig zu Werk geht, damit er, an
dem sie alles zu messen fortfährt, nichts erfahre und auf spukhafte
Weise, mittels automatischer Schrift, seinen Unmut lüfte! – Dies
alles ist so dunkel, daß ich mich aufs Warten verlege. Vielleicht –
(und ich kann mich des Gedankens nicht erwehren) – zielt das tolle
Garn, das sie spinnt, doch auf mich; vielleicht will sie Eindruck
machen. ›Bin ich nicht begehrenswert, wenn man sich noch im Jenseits darüber aufregt, daß ich einen platonischen Ersatz mir suche
für das verschollene Handfeste? Blassen Ersatz für feurig Legiti-

mes? Ich soll Linda die Tafel wegnehmen, soll mich der Brücke berauben?‹ – So ähnlich, fühle ich, läuft ihr Gedankengang. – Auf einmal beugt sie sich wieder vor und sagt verschmitzt lächelnd wie ein ungezogenes Kind:»Sie haben ja recht, Herr Doktor. – Strafe muß sein, und ab und zu krieg' ich auch einen Zorn und laß ihn einen ganzen Tag nicht heran an die Tafel. Wenn er ganz besonders deutlich gewesen ist. Dann hat er zwei Tage Zeit, sich sein Benehmen zu überlegen. Was er *dann* schreibt, ist eitel Sirup und Zucker. Bonbons krieg' ich zu lutschen und entschuldigen tut er sich ellenlang, so daß die Tafel nicht ausreicht und Linda von vorn wieder anfangen muß zu wischen, das gute Kind, das geduldige. Aber eigentlich überläuft's mich –«(sie seufzt pfeifend und der Schillersamt schlägt Wellen) –»wenn er recht tobt. Eifersucht beweist Liebe. Allzuviel Schmeichelei geht mir auch auf die Nerven. Deshalb verzeih' ich ihm schnell, nur damit er wieder – keck wird und Temperament zeigt. Davon leb' ich.«

»Wie lange schon, gnädige Frau? – Ich meine, wie lange ist es her, daß . . . ehem . . .«

»Daß er in den anderen Zustand eingetreten ist? – Sechs Jahr', Herr Doktor; aber so springlebendig ist Ihnen der Mann, daß er sich ungeschwächt weiter manifestiert . . . ›Du brauchst mich, Pamela‹ (so heiß' ich nämlich) – ›als Witwentrost‹ ruft er . . . Wissen S', ich bin nämlich unpraktisch veranlagt, weil meine Stärke die Empfindung ist und weniger das Rechnen; und so gibt er mir Tips. Mein Freund, der Baron Meerveldt – (ach du Gütiger, jetz' ist mir der Name doch ausgekommen; aber Sie sind ja düskret, Herr Doktor, mit Ihrem Dichterköpfchen, Ihrem feing'schnittnen) – also der Baron sagt mir zwar oft, die Tips vom Seligen taugen nichts; ist aber halt schon nah an Siebzig! So halt' ich mich zum goldenen Mittelweg und nehm' vom Baron ein bisserl und vom Seligen ein bisserl und richt' mich halt ein mit dem Gerstel und mit der Wohnung, die was mein Kapital ist . . . Auch Lindas wegen muß ich das schon, das Kind darf nichts entbehren . . . Nicht schlecht geschimpft hat mein Seliger, daß ich mir Mieter nehmen muß. Fallt ihm doch der Baron schon schwer, der hinten am Gang haust. ›Nimm dir eine alte reiche Frau hinein,‹ hat er gerufen, ›die was sich zurückziehen will von der Welt und pünktlich zahlt.‹ Ich wer' doch kein Kloster machen aus meiner Klause. ›Nein‹, hab' ich trotzig geschrieben, und Linda

12

hat's dreimal dick unterstrichen. O mein Gott, was war da der Mann bös'. Eine ganze Woche hat die Verstimmung gedauert. Aber beruhigen Sie sich, Herr Doktor.« Sie lächelt mich schmelzend an und legt mir, weiß Gott, die mollig-schlanken, von bunten synthetischen Steinen beladenen Finger auf das zuckende Knie. »Sein S' nur ganz ruhig. – Sie kriegen die Zimmer. Sie schon! – Ich steh' Ihnen gut dafür!!«

Hier endet das erstaunliche Gespräch, denn ich finde es an der Zeit, mich umzusehen, wo und wie ich mich einzurichten habe.

III

Die mir zugedachten Räume liegen neben dem geschilderten Empfangssalon. Sie bestehen aus einem schlauchartigen Saal mit zwei Straßenfenstern. Vorn ist er bei Sonnenschein also mäßig hell und hinten, am Korridoreingang, mystisch dunkel. Ist trübes Wetter, so versagt der Reflex der südlich liegenden konvexen Scheibenquadrate des erzbischöflichen Palais, und der ganze Schlauch liegt in fröstelndem Kellerlicht. Das Schlafzimmer ist eine lächerliche Kammer, ein Anhang nur, gänzlich verbaut: ein abgestumpftes Dreieck. Die dicke Mauer läßt es trotz des hohen französischen Fensters wie eine Gefängniszelle wirken. Immerhin herrscht in diesen Räumen eine versunkene, entrückte Pracht, beispiellos taub gegen unsere schnellebige Zeit.

In beiden Räumen hängen Kronleuchter aus reifenförmig gereihtem Tropfglas, das oben und unten durch facettierte Kugeln abgelöst wird. Sie hängen als massive, funkelnde Drohungen über meinem Schädel, wenn ich mich darunterstelle. Sie sind verstaubt und voll Fliegendreck; knipst man sie abends an, so geben sie ein transparentes Licht, das jede Ecke des Gemaches gleichmäßig mit trübem Gold bestreut. Es ist, als habe Herr Bibescu den gesamten Hausrat eines Kasinos aufgekauft aus den Zeiten, da die Queen seufzend in ihren Pompadour greifen mußte, um die ersten Eskapaden ihres Sohnes zu begleichen. Trotz ihres vierzigjährigen Aussehens herbergen die Möbel jedoch jene Bequemlichkeit, die dem Briten von jeher eignete. Ein Teetisch auf silbernen Rädchen steht kokett innerhalb fünf kranzartig gruppierter, fetter Klubsessel. Sie sind mit gelbem Samt überzogen und abgeschabt; immerhin federn sie noch mächtig; beansprucht, schnaufen und quietschen sie wie eine entschlummerte Tafelrunde beleibter Greise. An der mit zitronenfarbiger Tapete bezogenen endlosen Wand brüstet sich, gleich einem spendierfreudigen Gastgeber – (diskret zurückgerutscht, doch nicht minder mächtig) – das Sofa. Es allein schon ist ein Hohn auf die Wohnungsnot, bietet es doch einer ganzen Familie Platz, sich ungeniert darauf fortzupflanzen oder in Frieden zu sterben. An den drei Fenstern hängen dieselben Damaststores wie nebenan. In der Ecke, nächst der Tür, steht ein zylindrischer weißer Biedermeierofen, mit Messingreifen geschmückt. Damit ist die Aufzählung erschöpft; das ist das »möblierte Zimmer«. – Was mir sonst noch fehlt – (und das ist so ziemlich das Wesentliche) – habe ich selber zu beschaffen. Ich besitze Mobiliar für drei normale Zimmer, Gottseidank. Aber schon jetzt fühle ich: dieser unverschämte Saal wird es schlucken und kaltstellen, zur Bagatelle verdammen.

Das Schlafzimmer enthält Bett und Waschkommode. Für einen Kleiderschrank ist kein Platz. Bei Dunkelheit ist es Turnerei und Eiertanz, ins Bett zu finden. Aber mit den zwölf Glühbirnchen hat man die Direktive, wenn man auch in der verschwenderischen Lichterpracht unwillkürlich auf Lakaien rechnet, denen man Unterhosen und Strümpfe zuwerfen könnte... Die Lakaien bleiben aus...

In der ersten Nacht kann ich nicht einschlafen und stehe im Saal. Da liegt nun mein Hausrat, Füllsel eines großen Möbelwagens, auf dem spiegelblanken Parkett. Noch ist es eine einzige Wirrnis: aus einer Barrikade vertrauter Schränke, Truhen, Kommoden wächst ein Berg von Büchern, einem erstarrten Erdrutsch ähnelnd. Die fünf beleibten Sessel, provisorisch weggeräumt, stehen an die Wand gedrückt in gerader Reihe. Dort mokieren sie sich, das ist klar; bilden eine Abwehrphalanx gegen das eingedrungene Neue – aber ihr werdet euch schon vertragen und einen Kompromiß eingehen! Die erste Brücke zwischen euch baut der Lüster ...

Ja, der Lüster! – Da hängt dieser protzige Lichterberg, – doch nicht in einer Theaterkuppel über Hunderten von Köpfen. Nein: er hängt nur über dem *Gedächtnis* von Puderzöpfen, Perücken, Haarbeuteln und Scheiteln, die sich seit hundertdreiundzwanzig Jahren unter ihm geregt; diese geistern noch durch den knapp zwei Meter tiefen Luftzwischenraum, der ihn vom Parkett trennt. Dieses gibt den Glanz als verschwommenen Schimmer zurück.

Die Damaststores sind vorgezogen, es ist tiefste Nacht, jener kälteste Moment des Lebens zwischen halb drei und halb vier; ich stehe unter meinen Büchern; tot blinken die Deckel, hieroglyphenhaft die wohlbekannten Titel. Intimstes steht oder liegt da, nackt und vereinsamt unter der Bestrahlung. Zuweilen webt ein Knistern durch den Raum: die aufeinander geschachtelten Bücherbretter zirpen einander die Frage zu:»Ist dies endlich die letzte Station?« – Ich wandle in Pumps umher; das Geräusch meines zagen Schleichens hallt marschschrittmäßig von den Wänden wider. Endlich begreife ich's: die Uhr muß hervor, muß strammstehen; Dienst tun. Sie muß die hundertunddreiundzwanzig Jahre fortspinnen, emsig verlängern; sonst stagniert hier alles, und ich sinke samt all diesen Gegenständen in die Zeit zurück wie in Triebsand.

Ich zerre das Möbel unter den anderen hervor. Es ist eine schmucklose Standuhr aus Birkenmaser; sie hat eine tiefe Gongstimme, wie ein Familienarzt. Den Teufel: als ich sie in die Ecke gepflanzt, Pendel und Gewichte eingehängt habe und nun den Schlüssel einsetze, schnurrt sie bockig und haucht mit widerlichem Gerassel ihren Geist aus. Keine Gongstimme spricht mir melodische Beruhigung zu und mahnt mich sanft an mein allmähliches Verbröckeln, sondern mit hemmungslos umherwirbelnden Zeigern krepiert sie mir vor der Nase, als habe ihr die Atmosphäre die Kehle eingedrückt. Das Geschnarr schlägt brutal in die Stille. Schwer erschrocken höre ich das Geräusch abebben und versickern. Man will hier keine Zeit. In der ganzen Umgebung nistet die Zeitlosigkeit und streckt ihre Schattenfaust zu mir herein . . .

Mit einem mißtrauischen Blick auf die Uhr, die ihren alten Beruf dort weiterzuheucheln scheint, ziehe ich mich, von plötzlichem Frösteln gepackt, zurück. Ich knipse den Saallüster aus und gewinne, mit Hilfe eines fadendünnen Lampenstrahls von draußen, den Weg ins Schlafzimmer. Kaum bin ich dem Schacht von Raum entronnen, so spricht es aus der Finsternis hinter mir drein wie ein Kichern. Rührt sich, im Schutz der Schwärze, die Zunge der Dinge? – Nervös lausche ich. Dies Haus ist so voll von Ungesagtem . . . Hat mich das verrückte Weib angesteckt? – Oder diese lebend geisternde Mumie, die Afra? – Wieder höre ich das Kichern – doch nein, es ist ein halbes Ächzen darin. Ich stelle auch fest, daß es nicht aus dem eben verlaßnen Saal kommt, sondern anderswoher. Es kommt aus der Wand hinter dem Kopfende meines Bettes hervor. Nach Untersuchung dieser Wand stelle ich eine Tapetentür fest, geschickt, schier unsichtbar eingefügt, und mache mir klar, daß das Schlaf- und eigentliche Wohnzimmer von Frau Bibescu an das meine grenzt. Offenbar redet sie im Schlummer. Doch halt: es sind zwei Stimmen. Die ihre und eine andere, quäkende. Es ist ein Zwiegespräch, offenbar mit Linda, der Tochter, die ich bis jetzt noch nicht zu Gesicht bekommen habe. Ich muß dies Geräusch hören, ob ich will oder nicht; um wenigstens eine kostenlose Unterhaltung herauszuschlagen, spitze ich das Ohr.

».. . no, und wie schaut er denn aus? – So red' doch, Mutter!«

»Blond ist er. – Blond.«

»Uh jeh! – Ich hab' mir schon gedacht, daß du auf einen Blonden fliegst.«

»Mein Kind, deine Ausdrucksweise ist, unter uns gesagt, bisserl ordinär.« Scharf:»Ich *flieg'* nicht. – Merk' dir das.«

»No ja.«

»Unerhört, von der Mutter zu sagen, ›sie fliegt‹. – Der Herr ist nicht unsympathisch. Das ist mein Empfinden. Weiteres findet sich.«

»Wie alt ist er denn beiläufig?«

»Beiläufig – no – so an dreißig, dreißig-fünf herum .. .«

»Drum .. .«

»Jetzt gewöhnst dir das blöde ›Drum‹ ab. Überlaß das doch der Afra! – Er könnt' auch älter sein, solang' er zahlt. Interesse für das Automatische hat er. Wegen Horoskop und Sternzukunft fühl' ich ihm noch auf den Zahn.«

»Du bist ihm natürlich gleich mit Papa ins Gesicht gesprungen, Mutter. Das vertragt doch nicht jeder. Da wird er kopfscheu.«

»Da haust' daneben. Er hat gleich zugegriffen. Vielleicht ist er selbst medial. Hätt'st sehn sollen, wie atemlos interessiert . . .«

»Ja was noch. Aus Höflichkeit. Innerlich hat er sich gedacht: ›Jetz' das ist einmal eine spinnige Person, eine zudringliche . . .‹«

Ein unmelodisches Aufkreischen im andern Bett:»Was sagst du da wieder! – Fratz, unverschämter . . .«

Eine heftige Erwiderung, gar nicht mehr in Tuschelform:»Is ja wahr! Ich darf immer an die Türritzen hinhängen! Nie stellst du mich jemand vor! Ich hätt's anders gemacht, gewiß ja! Staad hätt'st sein müssen, Mutter, und schön schweigsam vom Wetter red'n. Gleich herausgekehrt, die Privatgeschichten, und übermorgen zieht er aus. Wirst sehn. Das hab' ich nachher von der ›guten Tochter‹. Ich will auch einmal ein zweibeinig's Mannsbild sehn. Immer der alte Trottel von Baron . . .«

Jetzt entsteht ein großes Matratzenknacken und ein Geräusch wie ein Klaps auf etwas Unbekleidetes. Ein Schnaufen klingt auf wie ein Schluchzen, und daraus gebiert sich die mütterliche Stimme, etwas heiser:»Von wem du das nur hast! Die ordinären Ausdrück'. Von mir nicht und vom Papa nicht. Und der hört dich, hört dich! Der ist gegenwärtig hier im Zimmer; schier spür' ich ihn; wie er sich schämen muß in sein' Zwischenzustand, sein' hilflosen, daß er dir keine runterhaun kann!« – Klatsch; kissendumpfes Wimmern – (oder ersticktes Gelächter?) –»So ein vornehmer Mann, der Baron Meerveldt! So ein düskreter! Und das gütige Interesse für seine kleine Linda! ›Welch ein interessanter Fall‹ ist sein drittes Wort . . . Und was tut der Fratz, der ausgekochte? Nennt ihn einen Trottel! Aber paß auf, du! – Paß auf!«

»Ich paß schon auf, Mutter«, erwidert jetzt die weinerliche Stimme.»Aber schau, ich kenn' schon deine Anpreiserei, und wenn die Leute scharf wer'n und was sehn woll'n, sperrst du mich hier ein oder schiebst mich ab in die Kunstakademie . . . Ich möcht' anmal an anständigen Akt sehn. In der Akademie ham s' bloß so an dreckigen Lausbub'n. Eine Künstlerin möchtest machen aus mir, und psychopathisch bin ich auch, und da darf ich nix, aber auch gar nix . . .«

»Du bist halt zu jung. Wenn er's nicht spannt, darfst schon anmal spitz'n, wenn er sich wascht oder so . . . Aber sonst hast *mich* als

Modell, merk' dir das. Und für die Mannsbilder: zu was hast denn nachher den Parthenonfries in dem teuren Kunstbuch da, und die Vasenbilder?«

»Herrschaft ja, Mutter, aber schau: Du bist halt doch bisserl reif schon?! – Weißt, die Linie ...«

»Linie?! – Aber ich *bütte! –* Dein Papa war ganz narrisch drauf! Und war der kein Künstler; ich bütte!?«

»Ja no ... damals ... du bist halt ein wenig dick wor'n; du hockst zuviel zu Haus ... und mich laßt' mithocken ...«

Pause. – Die Entrüstung verschlägt Frau Bibescu anscheinend den Atem. Endlich kommt ihr die Stimme zurück.

»Ihr seid's grausam, ihr Kinder. Hast ja recht. Immerhin: meine Fesseln ... schau her.«

»Ja, die gehn«, spricht die Tochter anerkennend.

»Und das da ... und so ...«

»No ja. –« Die Tochter kichert. »Aber ich kann doch nicht ewig immer dasselbe abmal'n. Mit an Zirkelmaß ging's schneller. Und mit den Porträts von dir hab' ich's auch dick jetzt ...« Abgrundtief seufzend: »Ich möcht' anmal – *was anders* mal'n!!«

»Nachher stellst dich selbst vor'n Spiegel hin.«

»Aber das geht doch nicht. – Man malt dann daneben.«

»Rembrandt hat sich auch selbst hergenommen, wenn er kein entspröchendes Modell zur Hand g'habt hat ...«

»Und was hat er gemalen? – Immer nur sein' alten Schnauzbart. Mit Barett und Helm ...«

»Du mußt deine Bewegung erwischen. – Schau her, so!« – Das Parkett knarrt leise. Offenbar hat Frau Bibescu das Bett verlassen. Eine Weile entsteht Schweigen während dieser Pantomime. Ein leises, triumphierendes, von leichtem Asthma behindertes Zischeln: »Schau, das hat dein Papa auch so gern g'habt. In diesem Augenblick hat er mir zugeschaut; ich fühl's. Bisserl Schwung hat deine Mutter noch, wie? – Fünfzig Jahr', ich bitt' dich! – Noch ganz elastisch, wie, für eine alte Frau? – Das kopierst einfach vor'm Spiegel, mein Kind; und nachher fängst das Bild aus'm Gedächtnis ein und malst es hin mit dem Bleistift. Wenn man so eine Figur hat . . . Und ein bisserl Ridmus . . .«

Offenbar versuchte es nun auch die Tochter. – Das Schweigen wird dann unterbrochen durch ihren prustenden Ausruf:

»Meinst wirklich, Mutter . . . so geht's?«

»Wart', ich hol' dir die Tunika . . .«

Eine Erschütterung des Bodens: Frau Bibescu bewegt sich auf die Wand zu, an der ich lausche. Dann höre ich einen leichten Aufschrei, so aus der Nähe mir ins Gesicht, daß ich zurückpralle: »Jessas!! – die Tür ist offen.« Es raschelt kurz hinter der Tapetentür; dann schnappt drinnen eine zweite Klinke ein, und jedes Geräusch von drüben wird erstickt wie mit Watte. Die Garderobe der Damen, entdeckte ich somit, ist in die Wand eingebaut; steht sie nach innen offen, dann hört man alles. Ob sie heute nacht durch Zufall offen stand, wage ich nicht zu entscheiden. – Ich habe das starke Bedürfnis nach einem Schnaps. Drüben geht das Gespräch als ganz entferntes, kaum hörbares Murmeln weiter, dann versinkt es in die sausende Stille, die ein herzhafter Schluck Martell in meinem Kopf erzeugt. Eine Lässigkeit ergreift Besitz von mir. Durch den Hintergrund dieser zerrinnenden Empfindung spukt es von blassen Gliedern, von nackten, schwellenden Hüften, von östlicher Buntheit und großer Verachtung für Zeit. Denn wo ist da noch ein Zeitbegriff, wenn man sich mitten in der Nacht, in rabenschwarzer Stille, tuschelnd und kindlich-lüstern unterhält mit Gesprächsbrocken, die gewöhnlich nur mittags gedeihn? Mit Vorstellungsfetzen, die gemeinhin nur dann plastisch werden, wenn grelle Sonne ihr Flammengitter, durch Jalousien hindurch, auf seidene Kissen zeichnet?

IV

Ich erwache ein wenig verdutzt. Ein großes Schnurren, Rumoren und Poltern geschieht kaum drei Meter unter mir. Das ist das zwanzigste Jahrhundert mit seinem scheußlich grellen Menschenaufwasch und seinen vier- bis vierzehnpferdigen Motorrädern, die unten auf der Straße, gerade unter der »Flucht meiner Fenster«, von Jünglingen in Golfhosen begutachtet werden. Zuweilen klemmt sich einer im Jockeisitz auf ein metallenes Biest, das Gestank und Krach von sich spritzt, und schnurrt ab. – Aufatmend denkt man: Gottlob, einer weniger, dann kommt er schon wieder um die Ecke herumgefegt und füllt die »stille Seitenstraße« von neuem mit Detonationen. Es hört sich an wie ein frischfröhliches Konzert fabrikneuer Maschinengewehre. Man streichelt die Tiere, stochert in ihnen herum, gibt ihnen Ölinjektionen und läßt sie dann, zur Abwechslung, leer laufen. Ich stehe in Pyjamas in einem der französischen Fenster, und der Ritz der halbgeöffneten Damastportiere blendet mich. Die bauchigen Scheiben Seiner Eminenz von drüben beschießen mich mit funkelnden Lanzen. Vom Asphalt spült eine Welle von Benzin- und Teergeruch herauf. Wo habe ich doch schon solchen Lärm gehört, solche Gerüche gespürt? – – – Ua, schammâm!! – – zieht ein geisterleises Gebrüll vorüber mit Hitze und orientalischer Sonne . . . Haremsweiber . . . Melonen . . . Aha, das Frühstück. Ein schönes Melonenfrühstück . . .

Es klirrt hinter mir. Welch neckische Telepathie! – Ich schnelle herum: da steht die alte Afra vollkommen ratlos mitten in dem unaufgeräumten Möbelkram, wie eine Sibylle zwischen Trümmern, und hält in ihren hölzernen Händen ein Tablett wie eine Opfergabe. Zuweilen schnupft sie auf, dann beben die Hände, dann gibt es das silberne Glöckchenspiel. Ihre ausgebleichten Augen fangen meinen Blick auf; ihre Oberlippe, von grauen Härchen geschmückt, wie eine Kellerwand von Schimmelfädchen, zieht sich in langsamem Grinsen auseinander. All die Leberfleckchen und Daunenwarzen geraten in trägen Fluß. Und dann entringt sich ihrem verdorrten Brustkasten folgende morgendliche Begrüßung, heiser und monoton:

»Dreimal waar i scho' herin g'wen, Herr Dokta; un' jetz' woaß i imma no net, wo i dees Zoigs hitoa sui . . .«

»Danke schön, Afra. – Hätten Sie's halt auf den Teetisch gestellt.«

Sie dreht sich stumm nach Nordnordwest.

»Am Dätisch?«

»Ja freilich. – Der ist doch wie gemacht dafür.«

»*Drum*«, spricht sie befriedigt. Ein mystisches Wort. Sie folgt der Suggestion und ladet alles fein säuberlich, mit viel Vorsicht in den Knochenfingern, darauf ab. Ich raffe einen Klubsessel heran und mache mich ans Schmausen: zwar keine Melonen, aber ein Ei mit

Semmeln und sehr dünnem Kaffee. Sie steht stockstill, die Hände parallel den Schürzenfalten, wie ein Grenadier. Ich fühle, daß sie einiges auf dem Herzen hat; daß sie reden will. Sie räuspert sich mehrmals und schnupft auf, wobei sie mich wohlwollend betrachtet. Ich blicke sie fragend an; das alte Wesen fühlt nun die Zunge gelöst.

»I hamas scho denkt, daß Sie am Dätisch ees'n wuin«, bekennt sie mit knarrendem, nun etwas höherem Organ. »Drum hob' i ›drum‹ g'sagt.« Sie meckert und schnalzt an den Stockzähnen. – Mit dem Daumen über die Schulter: »Raama S' heit no ei?«

»Ja freilich, Afra; ich räume heute noch ein. – Den Dienstmann hole ich mir gleich nachher.«

»Am Promenadenplatz is oana; da Zacherl. – Den kunnten S' glei braucha.«

»So, so. – Danke.«

»I hol' Eana 'n Zacherl. I muaß eh umi zem Eihol'n.«

Pause. – Sie ist ohne Zweifel angeregt. Ein neuer Mieter! – –

»Na, nehmen Sie schon Platz, Afra. Ich hoffe, wir vertragen uns gut.«

Das alte Wesen läßt sich auf der Kante eines entfernteren Sessels nieder, mit mädchenhaftem Zieren, voll verschollener Gesten. Sie fährt mit den Händen an ihrem schwarzen Kammgarnfähnchen herab, als sei es ein bauschiger Faltenrock von Anno Eins. – »Hom S' guat g'schlaffa, Herr Dokta?«

»Nicht besonders.«

»Dees glaab' i scho', Herr Dokta.« Etwas wie Verschmitztheit erwacht in den ausgebleichten Augen. »Dees wer'n S' no oft erlem, doß die zwoa an Krach mach'n bei der Nacht. D' Linda is a Luda; de is ganz spinnat. Mondsucht hot's, hoaßt's; und die Gnäfrau is aa net vüi besa.«

»So, so. – Ich bin mit den Damen noch nicht näher bekannt.«

»Dees derf'n S' g'wiß glaam, Herr Dokta, dos i net hetz'n wui. Oba i moan halt, es ko nix schad'n, wann i Sie a biserl vorbereit'. Damit S' net erschreg'n. De zwoa san ganz narret. I waar scho längst weg

21

von den Plotz. I find' oba nixen mehr; i bi an olta Pason un' ko' den Deanst grad' no dakraft'n. Die Gnäfrau is Eana a ganz a Scharfe. De lost ka Mannsbild net so leicht aus, des wo si eifonga laßt. A so g'schwuin redt's' daher. Un' oziag'n tuat sie si zum Reißausnema. – Und tean tuat's nixn den liaben, langen Dog; nur bei der Nacht werd's munta . . .«

Sie schnappt den Mund zu, verschließt ihn hermetisch und blickt mich sanft erwartungsvoll an. Ich beschließe eine durchaus neutrale Haltung einzunehmen. – Da beugt sie sich vor und flüstert schärfer: »A Skandal is. – Net amal katholisch san die. – San Sie katholisch, Herr Dokta?«

Ich bin protestantisch getauft, will ihr jedoch die Enttäuschung nicht bereiten, daß sie einem Ketzer gegenübersitzt. So sage ich denn:

»Ich bin ein Christ.«

»Dees is a no was«, sagt sie zaghaft, doch tolerant. »Aber de Gnäfrau is a *Jüdin!* – Jawui! –« Sie schwillt vor Begeisterung über diese Erkenntnis, die ihr offenbar gelegentlich selber gelungen. »*Jud'n* san dees! Un' ganz schlimme! – Orderdax oder wia ma's hoaßt! Wo's herkema, woas ka Mensch! – De sperr'n si ei mit da Schreibtafa un' ruaf'n an Geist! Ganz hoamli, ganz staad! D' Linda, dees Luada, schreibt Botschaft'n auf, und de Gnäfrau kriagt Mordskrämpf, weil's fest glaabt an den Schmarr'n!! – I hob's mein Kaplan g'sagt, ›Hochwürd'n,‹ sag' i, ›de zwoa zaabr'n da herin und do muaß i zuschaug'n! –‹ Sag' i. – Sagt a: ›Afra,‹ hat'r g'sagt, ›do muaßt di net kümmern drum,‹ sagt a, ›unser Herrgott laßt si net oschaug'n weg'n zwoa spinnete Weibsbild'r‹, sagt a. ›Mir is ja a gleich,‹ sag' i, ›bal's ma nur mein Glaam net vaderb'n. – Aba muaß dees sei, doß de Jud'n . . .‹ – ›Psch,‹ sagt a, ›do koscht nix mach'n, Afra. – Gibt halt solchene Leit', de wo ums Verreck'n net krischtkatholisch wer'n wuin‹, sagt a; ›sie haben ihren Lohn dahin.‹ – – Aba, wie g'sagt, mir is gleich, und Eana ko ja a nix pasir'n als an gebülten Menschen . . . I hob's Eana nur vazält, daß S' im Büld san . . . Und wos mit der Bibescu i'rm erschten Mo is, den wo s' allwei' zitiert . . .«

Weiter kommt die Gute nicht. Denn es klopft sehr spitz und dringend – (wer hätte jenen molligen Fingern solche Eindringlichkeit zugetraut!) – und ohne mein »Herein« abzuwarten, füllt Frau Bibescu den Rahmen der Tür aus.

Ihr Antlitz blickt hoheitsvoll. Und sich an Afra wendend, die schnell in die Höhe geht, spricht sie scharf akzentuiert:»Also hier find' ich Sie, Afra ...« Ihr Blick ist gar nicht gemütlich; der Satz atmet sich nicht so recht aus und bleibt, von schneidendem Fragezeichen belastet, als Damoklesschwert in der Luft hängen. Die Alte strebt denn auch, steif, auf ihren borstigen Filzschlappschuhen der Tür zu; sie murmelt etwas von »in Rua los'n« und »gar so eilig«, und Frau Bibescu läßt sie passieren wie der Alte Fritz die Veteranenparade.

Hierauf schließt sich die Tür, und ich bin wieder mit dem wogenden Schillersamt allein, der sanfte Wellen schlägt und auf mich zuschwimmt wie ein seltenes Meeresgeschöpf, rar von Farbe und gefallsüchtig. Strotzend von Huld, quellenden Sirup in jeder Pore, läßt sie sich auf dem von Afra soeben verlassenen Sessel nieder; nicht auf der Kante nur wie jene, sondern sie schmiegt Mächtig-Sphärisches in Wohlig-Ausgebuchtetes, geht mit dem Sessel restlose Vermählung, ja: Verlötung ein, so daß ich mir die Mühe einer Loslösung mit womöglich dabei geschaffenen schelmischen Komplikationen schon schaudernd im voraus ausmale. – Da heißt es kein »Gestatten Sie?« oder »Störe ich?«; nein, sie sitzt; und sie wird nach menschlichem Ermessen auch noch sitzen, wenn der Dienstmann Zacherl kommt ... Mit zwei Fingern stützt sie die Stirn, jeder Zoll hingegossene »Bedeutung«. Ein Lächeln, offenlippig und inhaltslos, jeder Verheißung voll, die eine schläfrige Phantasie stellen mag, bleibt auf dem klassischen Antlitz stehen. Und dann spricht sie mit tiefem Blick aus den leuchtend schwarzen Augen, so halb von unten herauf, mit einem Senkblick voll tastender Suggestion: »Na? ... Gut geschlummert an fremdem Ort, Herr Doktor?«

O Gott, denke ich. Nun, ich muß mich zusammennehmen und auf den Kitsch eingehen; vielleicht finden sich später Mittel und Wege ...

»Ausgezeichnet«, sage ich also mit fröhlicher, morgenfrischer Stimme.»Sie auch, gnädige Frau?«

Ihr Blick scheint an einem imaginären Senkblei zu zupfen; er wird leicht forschend; dann kommt es etwas zögernd:»Nun, es tut sich . . . Ich als enttäuschte, alte Frau schlaf schlecht, und dann kommt noch, wissen Sie, dazu, daß Linda zuweilen an Phobie leidet, an Kinderschreck, sagt der Arzt . . . Sie schmunzeln, Herr Doktor, aber auch schlafwandeln tut das Kind . . . Phantasie hat sie Ihnen enorm . . .« Ihre Augen irren im Zimmer umher.»No, das schaut aber noch aus hier . . . Die Afra holt Ihnen einen Dienstmann . . . ich wer's ihr sag'n . . . Aber ich will nicht vorgreifen, vielleicht hab'n Sie das schon besprochen mit ihr . . .?« Sie sieht mich blank fragend an. Ich bin überzeugt, sie hat vorhin an der Tür geklebt, und ihre Abgebrühtheit setzt mich in Erstaunen. Ich schweige gespannt; ich bin neutral.

Sie hat sich zu ihrem Thema herangewurmt.»Wenn Sie etwas wünschen, Herr Doktor, sag'n Sie's lieber schon gleich mir selbst; die Afra is auch halt nicht mehr die Jüngste, fabulierlustig und ein bisserl blöd, wie sie halt wer'n mit siebzig . . .« Sie gibt drei mokante Pusterchen aus ihren ziegelroten Nüstern von sich.»Abergläubisch ist sie Ihnen und ein wenig schreckhaft, da muß ich sie halt zusammenstauchen von Zeit zu Zeit, dann steht sie wieder stramm . . . Ich hab' sie so mehr aus Mitleid bei mir, das alte Mensch; die Inflation ist an ihrem Tiefsinn schuld . . . aber schmeiß'n Sie sie nur raus, wann sie Ihnen zuviel wird . . .« Dies kommt stockend, in singendanheimstellendem Tonfall, hervor. Dabei wandern die schwarzen Augen unablässig.»Bücher, Barmherziger, Bücher . . . Gelt, ich leih' mir was aus . . .« Plötzlich lüstern:»Hab'n Sie beiläufig was . . . Okkultes?«

»Auch das, gnädige Frau.«

»Scharmant, bitt' Sie, scharmant . . .« – Pause. – Dann wie nebenbei:»Sie hat Ihnen gewiß erzählt, daß ich Jüdin bin?«

Ich verschlucke mich und kämpfe mit einem Hustenanfall.»Das brauche ich mir von niemandem erzählen zu lassen, gnädige Frau. – Zudem bin ich absolut vorurteilslos.«

»Mit Ihr'm Köpferl, Ihr'm blonden . . . .« (Uch nein, protestiert mein Magennerv!)»Ist ja wahr, Sie schau'n nicht aus wie ein Feuerfresser . . . Lieb schaun Sie aus . . . und ein feingebildeter Mann sind Sie auch . . . Natürlich bin ich mosaisch, erzmosaisch . . .« Hier kommt Haltung in sie. Es ist erstaunlich: das Molluskenhafte ihres Wesens strafft sich; sie wird Mrs. Siddons; die kommende Eröff-

nung steift diese quellende Masse empor wie gerinnender Gips . . .
»Wissen Sie, daß man bei mir zu Haus in Bukarest noch Portugie-
sisch redet, noch die Sprache des Camôes? Wissen Sie, daß ich vom
Stamme der reinrassigen Sephardim bin? Uralter Adel, ich bitt' Sie!
hätt' sonst mein Mann die hunderttausend Porträts gemacht von
mir? Wissen Sie, daß der Mann sich Ihnen nachmittagelang hier
hineingehockt hat ins Nordlicht und mein Profil studiert und meine
Händ' und meine Füß' mit Schuhnummer 34?! – Pamela, stell' dich
einmal so hin, sagt er, daß ich das erwischen kann, und das . . . In
der Nationalgalerie, da häng' ich dutzendweis'! Gelt, da staunen
Sie . . . so ein Buchgelehrter . . . Durch und durch kannte mich der
Mann, und deshalb lebt er noch . . .«

›Toll‹, so geht meine wirrwerdende Überlegung. ›Jetzt erscheint
der Gemahl wieder am Horizont. – Was tu' ich nur, um's Himmels
willen . . .‹ Laut sage ich: »Ja, es muß ihm schwer geworden sein, zu
scheiden.«

»Schwer ist kein Ausdruck«, erwiderte die tragische Maske. »Off-
ne Wundflächen werden das, wenn so verschweißte Seelen ausei-
nanderreißen . . .« Das Keuchen der Macbeth spielt wie schwüler
Wind über die Bühne. – Und während ich noch schier betäubt ver-
harre, von ihrer aggressiven Geste vor den Kopf geschlagen, ich
armes Publikum, wechselt die Tonart ins Scherzo hinüber. Gurrend
beginnt sie zu verhandeln. Der Mietpreis (in Devisen, ich bitte Sie!)
– die Sicherstellung für Abnutzung der Möbel, Garantien, Trink-
gelderfragen, und »wenn Damen heraufkommen, nur Qualität, und
nur unter Tags«, Kündigungsfrist und das ganze öde Tausender-
lei . . . Sie beherrscht die Materie, das muß man ihr lassen. Wochen
voll intensiver Überlegung müssen vorangegangen sein. Bis auf
Heller und Pfennig – bis auf Naturkatastrophen und Putsche – Gott
in Ehren, stellt sie sich sicher. Wer kann die Mauer einrennen, die
sie um sich baut! Und das Resultat ist schließlich meine ächzende
Zustimmung und schweißtriefende Mithilfe bei der Zangengeburt
eines Kontraktes, der mich mit Haut und Haaren in ihre Hände
liefert. Wer kann auch dieser öligen Suada und diesem Geschütz
von »Wenns« und »Abers« unbeschadet widerstehen! – Eine volle
Stunde raufen wir uns herum. Dann klopft es massiv. Der Dienstmann Zacherl erscheint.

V

Nun habe ich mich endlich eingerichtet.

Die Uhr ist repariert und teilt mir aus der Ecke mit sonorer Altstimme, auch ungefragt, die Zeit mit. Sie sagt es vorsichtig, um niemanden zu verletzen. Denn jünger wird man nicht. – Und die Zeit rauscht ... Ich habe nun die ganze Etage erforscht und weiß, woran ich bin. Nie noch gab es in Mitteleuropa ein Gelaß gleich diesem. Vorn zwei Säle, was sage ich: Hallen! – Diesen beigeordnet meine Schlafzelle und das durch die Garderobe zwischen Tapetentüren davon abgetrennte Schlaf-, Wohn- und Spintisiergemach dieser erstaunlichen Frauen ... Ich habe noch keine Gelegenheit gehabt, einen Blick hineinzuwerfen, ebensowenig wie mir der Anblick Lindas, des begabten Wesens, annoch zuteil geworden ist. Man hört sie wohl, im Gang, im Treppenflur; man hört eine quäkende, blutarme Stimme, die imstande ist, sich durch die meterdicken Wände hindurchzuschrauben ... einen Korkzieher von einer Stimme, der vom Rost der Alltäglichkeit knarzt. – Einmal bin ich auch draußen auf der Wendeltreppe fast über einen Kobold gestolpert. Er hat sich, leise zischend, verflüchtigt. Das kann sie unmöglich gewesen sein.

Ich hege allerhand romantische Ideen in bezug auf Linda. Eine sechzehnjährige Ausgabe der Mutter: à la bonheur! Da muß etwas daran sein! Orientalisch, was denn, und rassig-grazil! Eine eifersüchtig verborgengehaltene Perle! Rehschlank; massiv, wo es sich gehört; von allen Rüchlein Arabiens umwittert! No! – – Vom Stamm der Sephardim ein Reis, Jasminblüte aus Bukarest!

Was sagt mir die Stimme! Was bedeutet schon der Klang einer Stimme! Sie ist halt erkältet, sagt mir mein Herz, und auch von Kummer bedrückt. Suggestiv und hysterisch; was bei andern ihres Alters normale Backfischlaunen sind, wächst bei ihr ins Extrem. Ein Medium, mit geheimnisvollen Kräften begabt, eine vibrierende Nervenbrücke zur andern Welt! Welche Sensation! Ein Instrument für eine geisterhafte Energie, um darauf zu spielen; eine bebende Klaviatur für den heißgeliebten Vater, der nicht rasten will!

Im allgemeinen denke ich nur beim Kaffee oder abends an Linda. Im Grunde genommen ist meine Neugier weder akut noch aktiv; sie ist eine milde Würze des halben Traumdaseins, das ich führe, und besteht eher aus einer sanften Erwartung. Sie ist verteufelt geschickt darin, sich nie sehn zu lassen. Zweimal habe ich inzwischen versucht, die alte Afra auszuholen. Sie hat auch bereitwillig zur Information angesetzt, war gerade dabei, ihren Sermon abzubeten nach einem vielversprechenden Auftakt von ungefähr folgenden Worten: »D' Linda! – Ja mei! – Wissen S', Herr Dokta, i wui net hez'n; oba doß d' Linda a Luda is, a ganz an ausg'schamts, des derf'n S' g'wiß glaam. – D' Linda . . .« – Weiter kam sie leider nicht, denn jedesmal wurde sie in diesem Moment »dringend« von Frau Bibescu »benötigt« und verschwand murmelnd, mit hölzernen Abwehrbewegungen der zerarbeiteten Hände . . . Das Mysterium vertieft sich und glimmt wie Zunder in mir fort.

Ich begann dies Kapitel mit einer Schilderung der Wohnung. Stellt man sich in den Korridor, so entdeckt man noch eine Glastür. Sie gehört zu einem Alkoven von etwa zwei Meter im Geviert, der dem großen Empfangssalon, »dem Zimmer Herrn Bibescus«, dem nie benutzten kühl-prächtigen Raum, als Garderobe scheinbar angegliedert war. Jetzt ist das Räumchen Rumpelkammer tollster Art; vollgepfropft mit Möbeln, Matratzen, Bildern; besonders hervorstechend sind halb verwischte Kohleakte, zerknüllt zwischen Mintonporzellan und verdorrten Fächerpalmen . . . Überall winken die schwarzen Augen der Gattin herab; zahllos sind die fetten Schultern und uferlosen Hüften, darüber sie neckisch oder melancholisch schimmern. Herr Bibescu hat viel Kohle zerpulvert, um dies sein Lieblingsthema in allen Variationen der Nachwelt zu erhalten. Welch ein Gedanke, das Original dieser orgienhaften Skizzen lebend – und höchst lebendig! – in nächster Nähe, Tür an Tür, zu wissen! Mir durch nichts vorenthalten als durch dreieinhalb Millimeter schäbigen Schillersamts! – Doch die Entsagung wird mir erleichtert durch die Erwägung, daß auch der beste Jahrgang einmal firn wird . . .

Vom Korridor aus, nach Süden, geht es ins Ungewisse. Denn ein endloser Gang beginnt, doppelt so lang schier als eine rechtschaffene Kegelbahn. Er wird durch Glasfenster vom Hof aus beleuchtet. An seiner Innenseite liegen zwei Kammern, die nur indirektes Licht erhalten. Nach diesen Kammern kommt ein Gemach, darin Afra haust und in einem Behälter aus schwärzlichem, zerbeultem Blech plätschernd hantiert. Das Ding erinnert der Form nach an eine Badewanne. Dann kommt die »Gelegenheit«, ein finsterer, bedrückender, ängstlicher Ort, und an diese schließt sich, last and least, die Küche an. Hier speisen die drei Weiblichkeiten zu Mittag und zu Abend, höre ich; vermutlich sind das die Momente des Tages, wo Frau Bibescu den Magen siegen läßt über ihr aristokratisches Empfinden und Stuhl an Stuhl mit dem Volke schmaust. Oder vielleicht soll das Volk kontrolliert werden, wieviel es schmaust, auf daß man es zügeln könne . . .

Wäre ich mein Leser, so hätte ich mich schon baß darüber gewundert, daß der Baron in dieser Geschichte noch nicht aufgetaucht ist. Ich, als Berichterstatter, weiß es besser: – er ist unpäßlich, würde sich aber nach Genesung ein Vergnügen daraus machen, dem neuen Mitmieter vorgestellt zu werden. Gazevorhänge vor den beiden erwähnten Kammern am Gang verhüllen das Krankenlager. Wann er sich lüftet, ist mir unerfindlich. Abends, wenn ich eine gelegentliche Pilgerschaft, einen Ausflug nach Süden, unternehmen muß, beleuchtet er sich mit sanfter Ampel. Von all diesen menschlichen Amphibien ist er entschieden das lautloseste. Alles, was ich entdecke, ist ein Schattenriß, aus dem eine Hakennase springt. – Zuweilen räuspert er sich bellend; mit Trompetenstößen schneuzt er sich. Sonst hört und sieht man nichts von ihm . . .

Dies ist die Situation, dies die Bühne; und was ich nun schildern will, bringt Katastrophe und Lösung. Denn all dies Ungelöste verlangt irgendwie nach einer Explosion, nach einem Windstoß, der diesen zaubrisch-boshaften Sumpf mit seinen lemurenhaften Bewohnern, zeitlosen Möbeln und halben Menschen von Grund aus aufpeitscht und in die grelle Beleuchtung des heutigen Tages zerrt . . .

Es sind ungefähr zwei Wochen seit meinem Einzug verflossen, und ich habe mich an das Milieu gewöhnt. All diese Unwahrscheinlichkeiten sind mir jetzt bekannt; renne ich gegen sie an, so deute ich – sozusagen – nicht einmal mehr nach der Hutkrempe, sage nicht mehr »Pardon!«, sondern springe sachlich und etwas unwirsch mit ihnen um. Ich soll jedoch gewahr werden, daß dies alles erst die Oberfläche ist. Denn die alte Afra paßt die Gelegenheit ab und gräbt dann ein erstklassiges Skelett aus.

Das ereignet sich so: ich stehe wieder einmal am Fenster; es ist Samstagmorgen, gegen acht Uhr. Da kommen, offenbar aus unserm Hause, zwei Gegenstände ins Rollen: zwei Paradiesvögel von seltener Farbenpracht... Ich blicke steil auf sie herab. Nein, es sind keine ausgestopften Erstaunlichkeiten; ihre Fortbewegung ist nicht mechanisch. Sie wandeln watschelnd. Sie überqueren die Straße. Ich kann sie von hinten sehen: ein junges und ein älteres Exemplar. Beiden eigentümlich sind sehr deutliche Schaukelbewegungen der unteren Partie. Beide tragen sie große Hüte aus rieselnden Straußenfedern und sackähnliche Seidengewänder. Der Eindruck des Exotischen entsteht dadurch, daß hier der Mutter Natur nachgeholfen, daß sie triumphierend übertrumpft wird durch die Zusammenstellung der Farben: Giftgrün schmiegt sich in Rosa, Karmin schreit auf unter Violett, und was sich an Bändern, Rosetten und Schleifchen dazwischengenistet hat, ist unsagbar mannigfach. Gerade als ich mir klarmache, daß das jüngere Exemplar, zart keimende Form der Mutter, niemand anders sein könne als Linda, schnappen zwei Sonnenschirme auf, blendende, feuerfarbene Räder, und entziehen mir den Anblick zur Hälfte. Vier winzige Schnallenschuhe, weit auseinandergesetzt, tasten darunter weiter wie die Füße von vorsichtig sondierenden Insekten; dann wallen die beiden Seidengewänder um die Ecke, dann erlischt das Phänomen ...

Ich starre noch eine Zeitlang entgeistert auf die leere Straße, die noch soeben Schauplatz eines Märchens war. Das Wunder kroch mir unter der Nase weg, das zeitlose Wunder. Es entstand in einer neuzeitlichen, von Motoren durchschnurrten Gegend, begab sich auf den Asphalt des zwanzigsten Jahrhunderts ... Da klinkt hinter mir die Tür, und die alte Afra ist im Zimmer. Sie ist sehr weit weg. Aber die Etage gehört ihr; sie baut sich dort auf; sie spürt Genugtuung. Meine Aufmerksamkeit durch nochmaliges Aufschnupfen in ihre Richtung lenkend, spricht sie knarrend:

»Brauchen S' wos, Herr Dokta?«

»Nein, danke, Afra ...«

»Drum. – Weil S' net g'litten ham.« – Sie fühlt wohl, daß ihre Anwesenheit einer handfesteren Erklärung bedarf. Sie blickt listig auf und schnalzt an den Stockzähnen. »De zwoa san weg!«

»Ja, ich habe sie eben fortgehen sehen.«

»Ham S' as g'sehn? – So! – Muaß ma net grad nauslacha, wie de zwoa auftaggelt san . . .?«

»Etwas eigenartig gekleidet, das stimmt.«

»Dees moan i aa«, spricht sie kichernd. Sie ist bis zur Mitte des Zimmers gediehen. »Derf i mi hihocka zu Eana?«

»Ja, bitte, Afra, nehmen Sie nur Platz.«

»So. – Heunt ko s' mi net nausjag'n, weil s' net do is. – Jetz' ko i Eana was vazäh'n vom erschten Mo von der. – Ham S' des kloane Kammerl scho g'sehn, Herr Dokta? Des wo am Korridor draust is?«

»Die kleine Rumpelkammer? Der Alkoven?«

»Den moan i. – A halbs Johr is her, do hot a si drin affg'hängt.«

»Aufgehängt . . .?«

»Der Herr Bibescu. – Jawui. – Des hätt'n S' Eana net tramma loss'n, gelten S', Herr Dokta!« – Sie flüstert heiser und rutscht näher. »Wia–r–i nei-kimm zum Afframma, steht a hint' im Eck. ›Wia is jetz' dees,‹ sog i, ›Herr Bibescu? – Suchan S' wos?‹ sog i. Sogt a nixen un schaugt un schaugt, un i nix wia naus. – Wia s' an naustea ham, war a scho' blau. Un sie – de hot Eana an Deaader g'spuit, net zum Sag'n. G'schrian hot s' wia–r–a Rooß. Ganz Staad un hoamli is a herganga un hot si affg'hängt. Jetz' da schaung S', gelten S', Herr Dokta?« Sie kneift den Mund triumphierend zu, und ihre ausgebleichten Augen haben einen warmen Funken. Herr Bibescu tut ihr leid, sicherlich; aber die ganze schauerliche Tatsache wird von einer milden, unausrottbar soliden Schadenfreude überglänzt. Ich muß hinter den Grund kommen.

»Ja, aber, Afra, das ist doch sehr tragisch!«

»Für eam scho«, pflichtet die Sibylle bei. »Bal si oana affhängt, is scho dragisch für eam. Oba er hot scho g'wißt, wia–r–a si rächa ko; des Weibsbüld hot' an neig'hezt in Schuld'n und Schuld'n, grod grauslich, grod doß sie si Kleider kaffa ko un' Barrfengs vo Baris un'

30

irene Liebhob'r imponir'n ko damit, un' mishond'lt hot s' ean un auszog'n aff's Hemmad, un grod nur zol'n hat'r derfa un' zuschaug'n, wia sie's triem hot . . . Jetz' nacha hot s' nixen mehr g'hobt, un aus d'r Wohnung hätt'n s' as aa 'nausschmeiß'n wuin, is oba net ganga, weil da Baron eig'sprungen is . . .

Der Baron – wissen S', Herr Dokta – is aa–r–a Spiritist. An olter Oasiedl'r un' Jungg'sell, der zolt d' Mieten jetzat un'n Lämsund'rholt, sinst kinnten s' gornet egsesdir'n, de zwoa. Wos Sie selm zol'n, Herr Dokta, dees zol'n S' draaf, g'wiß wohr. Den ham de zwoa eig'fongt, un bol s' a Sizung ham, de zwoa, und'rholt er si aa mit'n Herrn Bibescu. Z'erscht« – das alte Wesen meckert –»ham sie si owoi zakriegt, oba jetzat san s' Spezeln . . .«

Ich verfalle unwillkürlich in ihre Ausdrucksweise, und es entfährt mir in wasserklarem Hochdeutsch:

»Ja, was wäre denn nachher jetzt dieses!«

Ich schlage mir kopfschüttelnd aufs Knie, irgendwie angesteckt von der leeren Verschmitztheit, die in ihren ausgebleichten Augen lauert: angesteckt mit einer hoffnungslos übermächtigen Lust, nachzugeben und gegen mein besseres Selbst ein wenig zu meckern . . . »So, Herr Dokta,« spricht sie plötzlich salbungsvoll, gleichsam bekümmert über meine Frivolität . . . »jetz' muß i eihol'n . . . G'wiß wohr, gelten S', da schaug'n S', doß solchene Sach'n gibt . . . da derfat mo' scho' grod Obacht gäm, doß mo' koan Schad'n nimmt am Glaam . . . oba de glaam fest dro, doß'r no hier ischt als Geischt . . . do kunnt' m'r schier irr wer'n . . . Gelten S', Herr Dokta, Sie sag'n nixen zu dera Pason, doß i Eana wos vazält hob', wia des zugeganga–r–is, doß a si afig'hängt hot . . .« In ihrer Miene drückt sich plötzlich Unruhe und ein Schatten sklavischer Bestürzung aus; ihre Augen, milchigblau, drehen sich nach den dämmrigen Zimmerecken hin. – »I kunnt' mein Posten valier'n . . .«

»Seien Sie ganz ruhig, Afra«, spreche ich mit wiedergewonnener Würde. »Ich lasse mir nichts anmerken.«

»Is scho recht«, sagt sie und trollt ab, mit hölzernem Händeschwenken . . .

In der Nacht, die diesem Tag folgt, habe ich ein schauriges Erlebnis. Mir ist, als wache ich auf. Es muß gegen vier Uhr sein. Es herrscht ein milchiggraublaues Licht in der Wohnung, so ein greisenhaft unproduktives Licht, wie von einem Schachtlämpchen im Hades. Die Augen der alten Afra und die dumme Angst vor der Ratte, die nicht sterben will: der Erinnerung. Und woran? – An etwas fragwürdig Glaubensfeindliches, Nacktes, durch keine Beichte Wegzuklingelndes . . .

Eine perverse Neugier packt mich. »Ich will doch sehen,« sage ich zu mir, »ob das stimmt; das mit . . . dem Alkoven.«

Eigentlich fürchte ich mich, gleichzeitig aber treibt es mich magisch, den Schleier wegzureißen, hinter dem dieser psychische Abfallhaufen modert. Ich trete in meinen Saal; überall dieses graublaue Licht. Die Tür zum Korridor steht offen; die ganze Wohnung ist halb hell. »Jetzt herrscht das *Odlicht* . . .« denke ich schaudernd. »Man weiß nicht, daß ich wach bin.« Die Zeitlosigkeit des Unbelauschten, jäh in geheimem Wandel Überrumpelten. Plötzlich fängt die Standuhr in der Ecke an zu schnarren, mit häßlichem Laut, und ich sehe die Zeiger abwirbeln, so schnell, daß sie einen Dunst auf dem Zifferblatt erzeugen. Sie haucht eine Kältewelle herüber wie ein Ventilator. Ich wundere mich nicht im geringsten, daß sich das Phänomen von damals wiederholt; ich umgehe sie nur wie ein verdächtiges Tier.

Und dabei beobachte ich mich selbst, sehe mich gleichsam von außen, was ich tue. Mein Gesicht schimmert papieren. Ich schiebe mich weiter und spähe lauernd in den Korridor: die Tür . . . die Alkoventür . . .

Sie scheint geschlossen, doch hinter ihrem Milchglas glimmt ein trüber, grünlicher Schimmer, und dieser Phosphorschimmer scheint die Quelle und der Ursprung all dieser seltsam gleichmäßig verteilten Halbhelle zu sein. Ich nähere mich. Da drinnen steht (das weiß ich) Herr Bibescu, mit der Gardinenschnur um den geschwollenen Hals; – es ist wie im Kuckucksanschlagspiel. Er ist beileibe nicht tot. Dies sind seine Stunden, wo er Alleinherrscher der Wohnung ist. Er ist höchst lebendig, von Energien geladen; er bändigt die eigene Tatkraft dadurch, daß er sich – (ha, jetzt habe ich das Wort!) – *an*hängt! Nicht *auf*hängt! Meine Haare sträuben sich. Wie, wenn er sich belauscht spürte?! – Wenn er sich losmachte? – Wenn er hervorstürzte und mich den Gang hinunterjagte, ganz nach hinten, und mich dort stellte und anspränge?

Und es geschieht, geschieht: Es raschelt drinnen. Es poltert im Alkoven: die aufeinandergestapelten Möbel knarren, als ob sich jemand den Weg bahne. Der Schein im Milchglas wird heller ... Schon klirrt das Glas, als tappten blinde Hände nach der Klinke ... Ich schreie auf. Mein eigener Schrei weckt mich auf. Oder war es das schmetternde Räuspern des schlaflosen Barons? ...

Ich stehe in Pyjamas mitten auf dem Gang. Spatzengeschilpe tönt aus dem Hof. Sonst ist es totenstill. Nur mein Blut saust, saust ... die fern verdonnernden Wirbel des Acheron. Taumelnd finde ich zurück in mein Bett und erwarte, nach einem Schluck Martell, weitäugig die Geburt der Frühe und der gewohnten Geräusche, der einlullend-beruhigenden Sachlichkeit, in die sich die Dinge zu kleiden beginnen ...

VI

Das große Ereignis tritt ein: ich lerne Linda kennen. Und zwar auf etwas ungewöhnliche Weise: als ich eines Tages um sechs Uhr nach Hause komme und dabei etwas leiser als sonst in den Korridor getreten bin, geschieht ein großes Geraschel und kurzes Schnaufen, wie das eines überraschten Tieres. Die Geräusche sind bei meinen Büchern in der hellen Dämmerung des hinteren Teiles; sehen kann ich noch nichts. Das Wesen gebraucht die Klubsessel zur Deckung. Ich spähe dahinter: da sitzt ein blauschwarzer, sehr dicker Zopf wie eine halb entrollte Schlange auf einem sehr bunten, zusammengezogenen Körper. Unterhalb der Stelle, wo ich die Schulter errate, bläht sich rhythmisch das Kleid von heftig lautloser Atmung kleiner Brüste.

»Na, kommen Sie schon heraus, Fräulein Linda«, sage ich warm. »Sie können sich ruhig meine Bücher ansehen, Sie brauchen kein schlechtes Gewissen zu haben.«

Sie erhebt sich und wendet langsam und scheu ihr Profil zu mir. Mit der »Rose Saarons« ist es nichts; das sehe ich ein. Kein Reis und Zweiglein von der überreichen Herbstblüte der Alten. Sondern etwas Neuartiges, schier erschütternd Häßliches. Ja, Fräulein Bibescu hat ein Ponyprofil, kein Zweifel. Eine massive Nase, platt auf der Oberlippe aufliegend, kleine, engstehende, etwas schielende Augen, ein verdrücktes Kinn. Die Stirn ist schmal und von zwei kindlichen Falten zerschnitten, der Mund groß, wenn auch mit schönen Zähnen. Einige Fransen hängen gewellt über dies Antlitz herein, backfischhafte Simpelfransen . . . Was es sonst zu sehen gibt, ist weniger hoffnungslos. Die Figur ist schlank und äußerst biegsam, Hände und Füße edel. Das Haar ist erstaunlich. Jetzt, da sie aufrecht steht, kriecht die Zopfschlange bis unter die Kniekehlen. Sie schluckt auf und blinzelt mich aus ihren kleinen Augen an; sie glitzern wie Regen am Fensterglas. Dann sagt sie fast flüsternd:

»Herr Doktor, auf Ehr': ich hab' wirklich nichts wollen da herin; die Mutter hat mich g'schickt, ich soll ihr was Okkult's holen, und da war'n Sie net da, und da hab' ich mir gedacht, ich schau einmal so nach . . .«

»Gewiß«, sage ich sehr neugierig. »Ich habe nichts dagegen.« – Schon will sie hinausrascheln, da werfe ich ein Lasso mit den Worten: »Hier, warten Sie doch. Trinken Sie ein Gläschen? – Nein? – So. Sie kriegen den ›Schönen Menschen‹ hier, eine Fundgrube von Modellen. Den dürfen Sie dann mitnehmen; aber jetzt wollen wir einander kennenlernen!«

Zögernd läßt sie sich nieder, aber doch sehr erleichtert. Das Gesicht, dessen Haut trübfarbig und spröd scheint, wie die eines Kellerpilzes, mit zwei, drei kleinen Pockennarben, die durchaus nicht als Grübchen passieren wollen, überzieht sich mit Rosenschimmer . . . Es zuckt darin. Der Busen ebbt ab, die Stoffalten zerrieseln wie Hafenwellen. Ich blicke tief in die kleinen, mißfarbenen Augen; sie verschleiern sich leicht. Nach einem letzten Kampf mit tierischer Scheu, einem letzten Schnaufer und Hüftenregen im Stuhl, hat sie sich bewältigt und wird zur Persönlichkeit, mit der man reden kann. Sie setzt mehrmals zum Sprechen an; dann entringt es sich ihr:

»Der – ›Schöne Mensch‹, – das kann ich grad gut brauchen. Zum Kopieren und Lernen. Reizend von Ihnen, daß Sie mir das leih'n woll'n.«

»Keine Ursache. – Ihre Frau Mutter lobte Ihr Talent; das muß man fördern.«

»Was die Mutter spricht, ist ein Schmarrn«, erwidert sie fast heftig. »Die Mutter hätt' müss'n geboren sein auf der Dult (Jahrmarkt). Die preist mich jedem an . . . net zum Aushalten schier, als ob ich der Has' wär' mit zwaa Köpf . . . Schauen S', Herr Doktor, ich bin ein Hascherl, ich renn' in der Nacht umeinand', und sie sperrt mich ein. Gesünder werd man net davon und auch net schöner. Und warum tut das die Mutter? – Nur weil ich den Vater hör' und schreiben muß, was der Vater sagt. Und dann noch wegen dem Baron. Wenn Sie eine Ahnung hätt'n, Herr Doktor, wie die zwaa mich umeinanderreißen zwischen sich, als ob ich ein Kautschukmanderl wär' . . .«

»Wie ist denn das?« frage ich und lege etwas suggestive List in meine Stimme, »wenn Sie Ihren Vater hören?«

Ihre Augen irren ab. – »Hören eigentlich net«, flüstert sie. »Ich empfind' eigentlich nur, daß er da ist und daß er etwas sagt. Und dann packt er meine Hand, und ich muß halt schreiben, was er sagt. Und die zwei machen sich ihren Vers draus.«

»Dann könnten Sie aber auch einmal etwas anderes schreiben? Einmal etwas äußern, was Sie selbst sich ausdenken, und das würde Ihnen ebenso bedingungslos geglaubt und als Botschaft Ihres Vaters betrachtet?«

Sie antwortet nicht sogleich. Sie sitzt regungslos, die große Nase gesenkt, wie ein Vogel in sich fröstelnd. Es ist dunkler geworden; dann schlägt die Uhr. Sie hallt aus, und plötzlich spricht Fräulein Bibescu:

»Ja – freilich – das könnt' ich, Herr Doktor; könnt' ich glatt. – Ich hab's auch schon anmal g'macht. Aber es ist schwer, so – furchtbar schwer.«

Ich werde sehr aufmerksam.

»Was tut denn Ihre Mutter, wenn Sie schreiben?«

»Sitzt vor mir.«

»Und was tut sie?«

»No, sie schaut mich halt an.«

»Ununterbrochen?«

Sie faßt sich nach der Stirn, und eine neue Falte gesellt sich zu den anderen. »Ich weiß net, Herr Doktor,« spricht sie gequält; »ich weiß wirklich net . . . Der Vater sagt jedesmal, ich soll den Baron heiraten. Wenn ich schreib', bin ich ganz einverstanden, aber nachher graust's mir.«

»Ihr Vater diktiert Ihnen das? Wirklich Ihr Vater?«

»No freilich!« sagt sie erstaunt. »Ich spür' ihn doch!«

»Soso«, sage ich. »Sie werden den Baron nicht heiraten.« – –

Sie jubelt auf; der Vogel rührt sich, mit überschlagender Stimme, leicht krächzend. Es hat etwas grotesk Rührendes. »Ich mag ihn nicht!« bestätigt sie herzhaft. »Ekelhaft ist mir der Mensch. – Wie ich neulich genachtwandelt hab', hat er sich Freiheiten erlaubt gegen meiner und hat mich nackert paradieren lassen in mei'm Schlafzustand. Die Afra ist dazwischenkommen und hat ihn wieder 'neing'sprengt in sein' Koben. (Ich wundere mich über die Fülle der saftigen Ausdrücke bei so zarter Jugend.) Und die Afra hat mich ins Bett g'schafft. Aber die Mutter hat gelacht. *Amüsant* findet sie es, sagt sie. Und ich brauchte mich meiner Figur nicht zu schämen, und der Baron sei ein Ehrenmann.«

»So so«, sage ich. – »So so.« Und das bedeutet, daß mir ein Licht aufgeht – was sage ich: ein Lüster! – über die Zusammenhänge. – Es müßte lustig sein, der Alten ein wenig in die Politik zu pfuschen. Vielleicht bekommt man sie dann kirre und kann sie sich vom Leibe halten; auf jeden Fall kann ich mir, rechtloser Aftermieter in diesen Zeitläuften, ein klein wenig Kontrolle und Selbstbehauptung erobern. – »Wie ist das, Fräulein Linda«, fahre ich scheinbar absichtslos fort: »Könnte es mir nicht auch einmal vergönnt sein, einer Schreibsitzung beizuwohnen?«

»Sie wer'n nichts Besonderes erleben dabei, Herr Doktor«, meint sie mit ihrer leicht belegten, gleichgültigen Stimme. »Ich wer' die Mutter fragen . . .« – Aber des letzteren wird sie enthoben, denn die Tür öffnet sich unter gleichzeitigem Trommelwirbel mit spitzem Knöchel, und The Lady in Purple tritt ein. Unter vielem Wogen und Wallen spitzenverzierter Ärmelsäume, »geraffter« Drapierungen und schamlos (weil unecht) funkelnder Behänge.

»Mutter,« sagt Linda ein wenig konfus, »grad will ich mir das Buch holen, was du mir ang'schafft hast, und da hat der Herr Doktor was wiss'n woll'n . . .«

»Eine Information?« – Welches Juwel von Wort, aus süßem Speichel gespitzten Mundes geboren, in reinstem wienerisch-östlichem Hochdeutsch! – Oh, sie bläht sich von Politik; sie ist schlau, diese Frau! Wie kupplerisch suggestiv, entgleitend und vermittelnd . . . »Eine Information?«

»Nein, gnädige Frau. – Aber Sie haben mich bis jetzt noch nie eingeladen, bei den automatischen Produzierungen Lindas zugegen zu sein. Ich finde das nicht nett. Sie haben mir soviel Erstaunliches erzählt. In Anbetracht dessen, daß ich Ihnen andauernd Bücher leihe über das Gebiet . . .«

Sie steift sich; sie ist auf der Hut. »Aha; ja – sehr gut, Herr Doktor. – Selbstredend . . . selbstredend.« Der Vorschlag ist ihr unbequem; ich merke das. – Zögernd fährt sie fort: »Sie müßten – allerdings versprechen, sich meinen Anordnungen zu fügen . . . Ich führ' die Regie . . . No, wenn es Ihnen paßt, alsdann kommen Sie morgen nachmittag um vier Uhr. Der Baron ist auch dabei; den wer'n Sie kennenlernen . . . Aber eins, Hand aufs Herz: *Sehr* wichtig . . .: S– *sollte* mein *S–seliger* gegen Ihre Anwesenheit demonstrieren, so müßten Sie allerdings gehn, *s–sofort* gehn, denn der Mann ist was fürchterlich in seinem Zorn; gar nicht auszumalen, und ich und Linda, das Kind, das unschuldige, wir hätten's dann auszufressen . . .«

»Ihr Gatte«, meine ich begütigend, »kann doch unmöglich was gegen mich einzuwenden haben . . .«

»Gläubig müssen Sie sein, gläubig«, spricht sie und rollt dunkle Märchenaugen. »Der Baron glaubt, und deshalb hat mein Gatte sich ausg'söhnt mit ihm . . . No, es wird schon gehn.« Sie erhebt sich unter Schwierigkeiten, und auch Linda rüstet. »Sie wer'n was erleben, Herr Doktor, mit dem Kind, dem begnadeten . . . Alsdann auf Wiedersehn!« Das »begnadete Kind« seinerseits streckt der Voranwallenden die Zunge heraus.

VII

Am nächsten Tag, um halb vier Uhr, ist es in der Wohnung noch totenstill. Ich öffne leise, leise die Tür zum Korridor und lausche an Frau und Fräulein Bibescus Schlaf-, Wohn- und Spintisiergemach.

Ich bekenne das einfach; man nenne solch Bekenntnis zynisch – nun wohl; der Abscheu meiner Leser wird sich mildern, wenn sie den Zweck erraten. Ich trage lautlose Hausschuhe; ich spioniere. – Drinnen höre ich genau, was ich zu hören erwarte.

»Du hörst nichts. Du siehst nichts. Nur mich siehst und hörst du. Tust du das?«

Ein gurgelndes »Ja«.

»Du hast die Tafel in der Hand und Schreibgriffel. – Du wirst jetzt schnell schreiben, was ich dir diktiere. Ich werde immer leiser diktieren, ich werde flüstern, ich werde atmen, ich werde denken . . . Worte, Worte. Du wirst ohne Unterbrechung weiterschreiben, denn meine Gedanken werden für dich schallen; nach innen wirst du lauschen und wirst sie hören. – Hast du verstanden?«

Wieder ein gurgelndes »Ja«.

»Alsdann schreib' auf folgenden Satz: – ›Meine Unvergeßliche, die du noch wandelst im Fleisch, aus den Asphodeloswiesen herüber dringt mein Ruf . . .‹ – Hast es geschrieben? – Weis her . . .«

Leider werde ich gerade in diesem Moment von meinem Lauscherposten gescheucht durch die simple Tatsache, daß ein schmetterndes Räuspern die Erscheinung des Barons vorausmeldet. Ich habe gerade noch Zeit, mich in mein Zimmer zurückzuretten, da steht er schon hinten auf dem Gang und kommt nun mit langsamen Schlurfschritten auf meine Tür zu. Militärisches Klopfen. Ich rufe:

»Herein!«

Was nun auf der Schwelle erscheint, ist ein kahlgerupfter Geier, der Albino eines Kondors, wenn man so will, und schon stark bei Jahren. Ein Einzelgänger. Er ist einer jener Immobilienbesitzer, die gleich Phönixen aus dem Autodafé der Inflation hervorgegangen sind, ein Goldmarkrentner, ein seltener Kauz . . .

»Bitte, nehmen Sie Platz«, sage ich und schwinge den Sessel so herum, daß er im Licht sitzt. Mit einem kleinen, hellen Räuspern sinkt das Männchen hinein. Gut vier von seinesgleichen hätten auf dem Möbel Platz. Er streichelt die Lehne mit der von Leberflecken gesprenkelten Rechten und spricht versonnen, in leicht ostpreußischem Tonfall, abgehackt, konstatierend:»Jut eingerichtet, die Frau, wie?«

Ich nicke Bestätigung. – »Herr Bibescu hatte Geschmack.«

»Sehr richtig. – Sie sind heite auch jebeten?« – Er zupft seinen ausgebleichten, hängenden Schnurrbart, und seine Augen, schlehenblau, treten etwas heraus. Er bemüht sich, meinen Ausdruck zu erkennen, doch sitze ich etwas zu beschattet für ihn. Das ist auch gut so.

»Mir janz anjenehm,« fährt er zögernd fort, »daß ich Sie vorher sprechen kann, Herr Doktor. Ich möchte Ihnen nur zu verstehen jeben, daß jestern noch eine Konferenz Ihretwejen war; man ist – vielmehr die Damen sind – ein wenig soupçonneux, daß es Ihnen an *Erleichtung* fehlen könnte . . . Ich meinerseits bin von der Jejenständlichkeit der Manifestation Herrn Bibescus *vellich* iberzeicht.«

»Um so besser,« sage ich, »dann ist ja die Atmosphäre günstig. Ich höre, daß der Glaube Berge versetzt; warum soll er nicht auch schöpferisch wirken? Voilà, Herr Bibescu tritt in Erscheinung . . .«

»Ihr Wort in Gottes Ohr!« spricht der Baron und glotzt stärker. »Jewiß wirkt der Glaube *unjeheier* stark . . . Denken Sie etwa nur an ein Suggestionsprodukt mit einem gewissen Jrad von Realität? Nein, lieber Freund. Herr Bibescu ist Tatsache, *objektiv* vorhanden. Der Glaube ist eine Bricke, ein Trapez, auf dem er sich iber die Schwelle hiniberschwingt. Nun, jut, auch ich war skeptisch zunächst; nun aber bin ich *erleichtet*. Prifen Sie selbst! Doch mißte – da bin ich mir mit den Damen einig – ein jewisser Jrad von Wohlwollen, von Neitralität bei Ihnen zujejen sein . . .«

Ehe ich ihn über diesen Punkt beruhigen kann, öffnet sich die Tür. Die Dame des Hauses steht darin. Es ist nicht das Hausgewand aus Schillersamt; es ist etwas weit Prächtigeres, was sie heute trägt: ein Kimono ist's, goldene Drachen auf schwarzem Grund, mit fächerhaft entspreizten Krallen, silbern geifernd. Einem Paravent entnommen, Reservestück ihrer Garderobe, aller Exportartikel schwelgerischster . . . so trägt sie es kühn, mit zugekniffenem Mund, streng das klassische Gesicht; sie weiß, es wirkt. Vorn baumelt eine lange Mandarinenkette, keine Exportware; scheppernd schlägt Bernstein an Rosenquarz und Chrysolith, und eine lange Seidenquaste verliert sich in mollig-nächtlichen Regionen. Roten Saffian, Schuhnummer 34 (ich bitte!) an den Füßen, die paillettenbestickt den Dom ihres Leibes tragen. Ein Geruch strömt mir entgegen und stimmt mich lau: eine Mischung von Kampfer und Ambra. Und sie, die Sibylle, neigt das Haupt; sie hebt aus rauschendem Ärmel die Hand und kredenzt uns förmlich die Richtung mit den klassischen Worten:

»Darf ich jetzt bitten – – beide Herr'n!«

Wo habe ich doch schon Ähnliches gehört und gerochen? – – – Ich habe keine Zeit, ich reiße mich zusammen, und wir ziehen unter ihrer Führung, eine Prozession, in jenes von Afra verfemte, von Geheimnissen schwangere Zimmer hinein . . .

Das ist der Orient, den ich rieche, spüre und erblicke. Einmal in meinem Leben empfand ich das schon, genau so stark. Ich saß, müde, in der Säulenhalle der Muaijad-Moschee. Aus Flammen geklöppelte Spitzen, vor meinen Knien am Boden, blendeten mich, doch war ich zu benommen, um den Kopf abzuwenden. Das war die Sonne, die durch das arabische Gitterwerk aus Stuck und durch die Rosette drang. Es war kühl hier; von draußen kamen, halb erstickt, wüste Händlerschreie und das brünstige Schluchzen eines Esels. Diese Stimmung, genau dieselbe, faßt mich hier. Ich sehe in ein Dämmerlicht, das allerhand bunte Farbtupfer hervortreten läßt; ein dumpfes Schwären von gesättigten Farben. Vorn steht ein chinesisches Tischchen, auf dem eine Schiefertafel und ein Griffel liegt. Davor, dem Fenster zugewandt, bemerke ich etwas Nilgrünes, mit gelösten schwarzen Flechten: Linda im Hocksitz. Ihr Profil, perlblaß, ruht regungslos auf dem Kissenaufbau, der in ihrem Rücken aufgestapelt ist. Genau ihr gegenüber, auch im Hocksitz, thront die Sibylle. Die Ritzen der herabgelassenen Jalousie malen ein geometrisch exaktes Linienmuster auf den Zimmerboden: pinselfeine Striche aus Glut. Hinter der Jalousie quillt verworrener Lärm auf und verebbt rhythmisch, einlullend, in Entfernung gerückt: das Geknatter der leerlaufenden Motoren.

Hoheitsvolle Handbewegungen weisen uns unsere Kissensitze zu: dem Baron links und mir rechts von Linda. Nun sagt die Sibylle mit einer seltsam blechernen, eintönigen Stimme:

»Hörst du mich?«

Das Profil zuckt nach vorn. Der Mund öffnet sich halb; dann gurgelt ein halb ersticktes »Ja«.

»Nimm Schreibtafel und Stift. – Dein Vater ist hier. Du siehst ihn. – Er sitzt neben mir. – Er macht den Mund auf, er spricht langsam. – Was sagt er dir? – Schreib's nach.«

Die Hand mit dem Griffel tastet nach der Tafel. Die Augen Lindas stehen weit offen, hineinverbohrt und eingeschmolzen in die schwarzen, flüssigen Pupillen der Mutter. Und nun beginnt der Stift zu kratzen. Vage Linien zunächst und Kurven. Dann werden es Buchstaben, Wörter. Ich bemühe mich heiß, festzustellen, ob die Alte die Lippen bewegt oder nicht. Es gelingt mir nicht, da ich fast nur die schwarze Silhouette ihres Kopfes sehe. Der Baron, todernst, höchst andächtig, glotzt mit seinen hervortretenden Augen auf die schlanke, weiße, geschäftige Hand des Fräuleins. Sein Interesse ist zügellos; auch ist er, wie mir scheinen will, ein weniges nähergerückt, anscheinend, um jetzt schon zu versuchen, mitzulesen, was jedoch bei der Beleuchtung kaum möglich ist. Sein Ellenbogen ruht dicht an dem in Trance gelösten, schlanken Schenkel des Mädchens; sein ausgebleichter Schnurrbart zittert. Er ist höchst angeregt und voll brünstiger Überzeugung.

Linda hat verhältnismäßig schnell und ohne abzusetzen die Tafel vollgekritzelt. Die Mutter wendet nun die Augen von ihr ab, und die Lider des Mädchens beginnen zu zittern. Sie fährt noch einmal mit dem Griffel umher, als wolle sie weiterschreiben; doch die weiteren Äußerungen des verewigten Vaters bleiben als stumme Runen in der Luft hängen. Kein Wunder: ist ihm doch auch die Tafel entzogen, die die Mutter an sich gerafft hat. Ihr Profilschattenriß, als sie sich jetzt näher zu den lichtspendenden Jalousieritzen neigt, tritt klassisch in Erscheinung. Sie liest stockend vor, sie liest mit eintönigem Singsang. – »Zunächst einmal kommen wieder« – spricht sie, »die üblichen Krähenfüße und Schnörkel. Da tastet er noch, bevor daß er hinüberlangen kann ins Diesseits. – Nachher aber – bitte die Herren, sich zu überzeugen – wird's deutlicher; und dann kommt:

›Meine Unvergeßliche, die du noch wandelst im Fleisch, aus . . .
A . . . Asphodelos –‹ (eigenartig, was? Das wird ja eine glänzende
Manifestierung) – ›also Asphodeloswiesen‹ (no, wenn das nicht
poetisch ist . . .) – ›hinüberdringt mein Ruf zu dir und der Jungfrau,
die du schützest und behütest. – Ich webe und lebe hier, um euch
und über euch. Harret, und alles wird gut. Ich sehe einen Freund,
einen älteren Freund. Er wird ihn tragen, den Edelstein; er wird es
erlangen, das Ziel.‹ –«

Die Sibylle hat es heruntergebetet wie den Textbeleg zu einer
nachfolgenden Predigt. – Der Baron indessen ist gänzlich zu Linda
hinübergerutscht, und seine welke Hand gleitet leise knisternd über
Verlockungen, von denen er sich lediglich durch das nilgrüne Ge-
wand getrennt fühlt. Es ist anscheinend nicht das erstemal, daß die
»Rufe« Herrn Bibescus so lebhaftes Echo in ihm wecken und Wurzeln schlagen. Der alte Herr fühlt sich sehr behaglich; das spürt
man.

»Geben Sie Obacht, Herr Baron,« fährt die Mutter nach einer kleinen abwartenden Kunstpause fort, »daß Sie sie nicht aufwecken,
das liebe Kind. Sie steht noch in der Beschattung; hör'n Sie nur, wie
sie schnauft. Soll'n wir versuchen, den Sinn hervorzuziehen und das
Verborgene zu deuten? Obwohl mir scheinen will, er drückt sich
heut' durchaus klar, zum mindesten nicht undeutlich aus . . .« Sie
gestattet sich ein kleines Pusterchen aus den Nüstern . . . oder ist sie
gerührt?

»Sehr deitlich, jewiß! – Jar nicht mißzuverstehn!« pflichtet der Baron bei, mit etwas belegter Stimme.

Die Silhouette am Fenster schweigt. Kein neckisches Pusterchen
war's. Ich merke im Gegenteil, daß die Sibylle ein Taschentuch aus
ihren Kimonofalten hervorholt. Es duftet nach Houbigant; ein
scharfes Rüchlein, wie von Jasmin. Die Farben leuchten schwül in
den Raum. Draußen rieselt die weißblaue Wellenweite des
Bosporus . . . ach nein, es ist nur ein Hinterhof, und die Sonne brütet
auf Hotelküchenmüll. – Die Alte führt das Batisttüchlein ans Antlitz; das Bühnenasthma der Mrs. Siddons, klassischer Kummer,
unsterbliche Geste . . . Ihr Profil hat sich gedreht, in meine Richtung . . .

»Sie erleben heut«, stöhnt sie schließlich, »den Abschluß einer Entwicklung, einer unvermeidlichen. Gerungen hab' ich mit meinem Mann wie Jakob mit dem Engel; aber ich beuge mich seinem Willen, die Toten sind stärker als wir. Was muß der Mann das Kind lieben, nicht wahr, daß er so noch übers Grab hinaus Schicksal spielt... So übergeb' ich sie denn vertrauensvoll dem gereiften Freund. – Eine Mutter, Herr Baron, reißt sich ihr alles von der Seele und gibt... und gibt...« Sie sinkt zusammen. Der Baron von Meerveldt zerrt sich mit einer Hand am Schnurrbart. Plötzlich gibt sich Frau Bibescu einen Ruck.

»Sie wer'n den Seligen nicht enttäuschen, Herr Baron«, spricht sie suggestiv-monoton. »Sie wer'n das Kind nicht kompromittieren. Dazu kenn' ich Sie zu gut; Sie sind ein Ehrenmann, der die Welt kennt. Ich weiß, Sie wer'n den Pakt mit dem Seligen... legalisieren...«

Die Hand hört für einen Augenblick auf zu rascheln. »Jewiß doch, jewiß«, beeilt sich darauf Herr von Meerveldt zu erwidern. – »Ich bring' sie in Ordnung, die Papierchen; nicht zwei Wochen nimmt das...«

»Ich weiß, Sie sind ein Gentleman«, steigert sich die Mutter. – Dann, zu mir gewandt: »Sie wer'n es nicht oft erleben, Herr Doktor, daß Ihnen vergönnt ist, Zeuge zu sein bei einer so bedeutungsvollen Szene... Ein Vertrauen gibt das andere...«

Mir ist es bei dieser eigenartigen Komödie längst äußerst unbehaglich geworden. Mir sind die Privattriumphe dieser Frau schließlich gleichgültig. Auch daß eine Mutter ihre Tochter verschachert, ist gang und gäbe und geht mich nichts an. Was ist mir Linda-Hekuba? – Aber hier handelt es sich um Vergewaltigung und Ausschlachtung, alles was recht ist. Und daß bei diesem Handel ein hysterischer Backfisch in Hypnose das Tauschobjekt bildet, geht mir so verquer, daß ich beschließe, das Geschäft zu verhindern. Ich bin »Zeuge«, bin es aber im Interesse dieses Häufleins Schlappheit in Nilgrün.

»Sie haben recht, gnädige Frau«, bestätige ich darum. »Ein Vertrauen gibt das andere. – Aber sind Sie sicher, daß Ihr Herr Gemahl mit seiner Botschaft schon völlig fertig ist? – Nach den Schreibbewegungen Lindas zu urteilen, nachdem ihr die Tafel entzogen war, hatte er noch einiges auf dem Herzen . . . Sie wissen, welch starkes Interesse ich an Spiritkundgebungen nehme. Dürfte ich mich, des Experimentes halber, einmal an Ihren Platz setzen?«

Pause. – Dann spricht die Alte, ziemlich bündig:»Leider ausgeschlossen, Herr Doktor. – Sie kennen den Seligen nicht. Dann wird er unwirsch. – Störung des Fluidums, verstehn Sie, nicht wahr?«

»Nun gut. – Aber . . .«

»Gern laß ich ihn nicht weitersprechen; aber wenn man es durchaus wünscht . . . – Hörst du mich, Linda?«

Das Kind zuckt wieder zusammen. Der Baron rückt etwas abseits und glotzt benommen auf ihre tastenden Hände. Er will nicht im Wege sein. – Langsam hebt Linda wieder den Kopf und blinzelt. Die Tafel wird ihr gereicht; sie beginnt mit Schleifen und Kreisen. – Und dieser Moment, spüre ich, ist äußerst wichtig; jetzt ist der psychische Haken da, an dem ich meinen Einfluß einhängen kann. Ich weiß nicht, ob es mir gelingen wird, die schwarzen Augen da am Fenster, den üblen, einfangenden, saugenden Zauber zu lähmen. Ich muß die andere Kraft paralysieren; es ist nicht leicht. Ich starre angestrengt in die flammenden Jalousieritzen; ich forme innerlich Worte, Worte. Mein Wille krampft sich zusammen; ich fühle, daß meine Stirn feucht wird und meine Hände kalt. – Die Sibylle regt sich, als wolle sie sich zurechtsetzen; nervös bastelt sie an den Kissen ihres Daunenthrones. – In den Wirbel zweier konträrer Suggestionen geraten, keucht das Kind und äußert kleine, hohe Vogellaute. Der Griffel kratzt, zögert, schleicht zurück, ruht auf einem Punkt, bohrt sich in die Tafel – und auf einmal, als sei eine hemmende Feder gesprungen, schreibt sie schnell und flüssig zwei, drei Zeilen. –

»Hast du geschrieben?« fragt die Mutter mit etwas hastiger Stimme.»Weis her.«

Merkwürdigerweise antwortet die Tochter nicht, sondern ruht sich schwer atmend aus.

»Ob du fertig bist?« fragt die Mutter nochmals, diesmal mit schneidender Stimme. – Da bebt die Tochter, hebt die Tafel; – aber

anstatt sie hinüberzureichen, dreht sie sich langsam, wie blind, zu mir und schiebt sie mir zu. Ich nehme sie und trete ans Fenster. »Nun?« – Die Alte wird sehr lebhaft. –»Was steht drauf, Herr Doktor? – Gewöhnlich gelingt es nicht beim zweitenmal, entweder macht er Unsinn oder er wird unverständlich . . .«
»Eigentlich recht verständlich«, sage ich laut. »Er schreibt . . .« In diesem Augenblick fängt Linda an, um sich zu schlagen. »Das Kind kehrt zurück! – Wecken Sie sie schnell, gnädige Frau!« – Die Mutter, etwas konfus, etwas gegen den Strich gekämmt, weiß sich in den programmwidrigen Verlauf der Sitzung noch nicht recht hineinzufinden; immerhin fährt sie der Tochter zweimal über die Augen:

»Du fühlst dich wohl, ganz wohl! – Eins, zwei, drei! – Nun bist du wach! – – –«

»Was schreibt er?« fragt der Baron plötzlich mit knarrender Stimme dazwischen . . .

Ich habe mich inzwischen auch der Aufmerksamkeit Lindas vergewissert und lese vor – jene unter Schweiß und ächzender Anstrengung geformten Worte, die ich wie Nägel in die weiße Wand ihres Unterbewußtseins getrieben – lese also folgendes:

»Meine Unvergeßliche! – *Ich bin gar nicht hier. Ich war nie hier. Ich bin ein großer . . . Humbug. – Als ich mich aufhängte, war alles aus.*«

»Nicht möglich!« sagt Frau Bibescu außer sich und sehr scharf. »Nicht möglich, daß er das diktiert hat!«

»Aber gnädige Frau!« setze ich dagegen. »Er macht eben einen seiner Scherze . . . Sie erzählten mir doch selbst, daß er zuweilen ausfallend wird . . .«

»Ja . . . das schon . . .« meint sie, sich mühsam beherrschend. Immerhin schlägt sie mit der flachen Hand zur Bekräftigung auf die Schiefertafel. – »Das schon! – Ausfallend! – Aber so etwas hat er noch nie g'schrieb'n! – Unlogisch, das war er noch nie!« Ihre Augen, die mich anstarren, haben etwas Flackerndes, Bösartiges.

»Erlauben Sie,« mengt sich hier der Baron ein in seiner schleppenden Sprechweise – »liebe Frau, – jestatten Sie die Anfrage: bin ich unerwünscht?«

Sie zwingt sich ein verzerrtes Lächeln ab. »Großer Gott, Herr von Meerveldt, bitt' Sie, wieso?«

»Aber wie kommt Ihr Herr Gemahl dazu, sich selbst zu . . . desavouieren?«

Die Frau hat sich inzwischen damit beschäftigt, die Jalousie halb in die Höhe zu ziehen. »Das sind, Herr Baron,« spricht sie jetzt nach einer kleinen Überlegung, »böse Zwischeneinflüsse. Ein Mockspirit ist dazwischengekommen. Das Diktat stammt nicht von meinem Mann.«

»Sondern von . . .«

»Begreifen Sie doch!« ruft sie jetzt und macht eine beinah handgreifliche Geste. »Der Kontakt war gestört! – Wissen wir denn, wie's im Jenseits ausschaut? – – Mein Mann war ausg'schaltet, weggedrängt . . . durch einen Spottgeist, was weiß ich . . . Durch einen üblen Einfluß . . . No, das ist schon vorgekommen . . . Und Sie, Herr Doktor, Sie ham ihn heraufbeschworen, den üblen Einfluß . . . Was glauben Sie, wie der Mann erschöpft war nach der ersten Kundgebung – nein, unbedingt muß er her für eine zweite, wo er nicht zu Wort kommt . . . Da muß man schon ein wenig mehr verstehen von der Praxis als Sie . . .« Sie faucht; ihre Wut bricht durch. »Wenn man ein blutiger Laie ist, mein Gott, der was keine Ahnung hat vom Verkehr mit dem Zwischenreich, dann drängelt man sich nicht herein zu einer ernsthaften Sitzung . . .«

»Hab' ich mich ›hereingedrängelt‹? – Sie sind sehr erregt.«

Sie bezwingt sich mühsam. »Ich bin erregt; meine Nerven . . . Aber Sie haben versprochen, Sie woll'n objektiv bleiben und mir die Leitung überlassen. Und wer fahrt dazwischen und vermasselt das schöne Phänomen?«

»Mutter,« spricht auf einmal Linda mit ganz kindlicher, heller Stimme, »warum schimpfst denn du eigentlich so?«

»Schau her, da steht's schwarz auf weiß. – Und das soll der Vater diktiert haben . . . So einen Irrsinn von Aufhängen und so . . . Wo ihn doch der Schlag gerührt hat, den Armen, samt seiner Bürde von unausgesprochenen Wünschen . . . Wo er in meinen Armen g'storb'n is . . . Sag's selbst, das kann er nicht diktiert hab'n . . .«

Linda faßt sich nach der Stirn. »Ich weiß gar nix«, sagt sie weinerlich. »Laß mir doch mei' Ruh . . .«

Hier geschieht etwas Unerwartetes, Hochdramatisches.

Die Tür geht auf, und die alte Afra steht darin.

Und mit der hohlsten Kellerstimme der Welt, den einen Arm anklagend, hölzern erhoben, spricht sie in die plötzliche Stille hinein:

»*Affg'hängt hot a si. – Und dees waaß neamd besa ols wia–r–i.*«

Tableau!

Zwanzig Sekunden Stille.

»Hinaus, Sie alte Hexe!!« kreischt Frau Bibescu auf und stolpert fuchtelnd auf die Alte zu.

Doch unerschütterlich tönt das Kellerorgan weiter, und der runzlige Daumen der Rechten dreht sich, über die Schulter nach dem Alkoven deutend:

»Dees machen Sie scho guat, Frau Bibescu. I bi krischtkadolisch und ka Hegs'n. – Im Alkowen drüm, un dees woaß da Herr Dokta so guat ols wia–r–i, gelten S', Herr Dokta, hot a si affg'hängt. – Und weil Sie mi a Hegs'n hoaßen, Frau Bibescu, geh–r–i. – Weil Sie selm a Hegs'n san.«

»Spionin!« gellt die Stimme der Frau. »Gehn Sie! Gehn Sie! – Lügnerin! – Sonst vergreife ich mich!«

Doch triumphierend meckernd, wie eine verräucherte gotische Figur voll hölzern-steiler Emphase, bleibt das alte Wesen stehn . . .

»Und Sie, Herr Doktor,« wendet Frau Bibescu sich jetzt an mich, und ihre Hände schweben mir wie Krallen vor den Augen – »haben mir jetzt den Blick geöffnet. Sie bedienen sich also eines verblödeten Dienstboten, um gegen mich zu konspirieren . . . Sie werden die Güte haben, am nächsten Ersten auszuziehen. In Gesellschaft dieser . . . babbelnden Idiotin . . . Ich kündige Ihnen . . .«

* * *

Weder ich noch der Baron hausen mehr in jener verwunschenen Etage. Jene dramatische und farbige Episode meiner ahasverischen Irrfahrt als Untermieter ist in die Vergangenheit zurückversunken.

Dort, wo die bauchigen Scheiben Seiner Eminenz, doppelt blitzblank seit dem Konkordat, ihr Licht aus zweiter Hand in den dämmerigen Saal schicken, der einst meine Zigeunerherberge war – dort hausen noch und zaubern die beiden erstaunlichen Frauen. An Stelle des Barons lebt in der Kammer am Gang ein verhutzelter, kleiner Blumenhändler, ein dem praktischen Okkultismus annoch unzugängliches Männchen, in Gesellschaft eines räudigen, alten Dachshundes.

Wie lang er dem Zauber widerstehen wird?

Nach dem Tumult hat die Zeitlosigkeit wieder eingesetzt. Das wird noch lange, lange so bleiben, denke ich; denn ich habe den Verdacht, daß die alte Afra unsterblich ist. Denn diese ist, nach einem kurzen Aufenthalt im Armenhaus, trotz ihrer mächtigen »christkadolischen« Bedenken an ihren »Posten« zurückgekehrt. Und was Frau Bibescu anlangt, »kaum fünfzig, ich bitt' Sie! in den besten Jahren!«, und gar erst die begabte Linda mit ihrer knapp achtzehnjährigen Erfahrung – – – was diese beiden anlangt, so werden sie wohl noch jahrzehntelang, mitteleuropäische Unika, im bunten Schimmer verschollener oder nie erhörter Mode über den tristen Asphalt des Bankenviertels wandeln!

———————

DER WEG ZUM CHEF

Apotheose eines Literaten

ERSTER TEIL

Während des ersten Jahrzehntes dieses Jahrhunderts, also während einer nicht unromantischen Epoche unsrer Vorkriegszeit – in die sich der gütige Leser zurückversetzen möge, wenn ihn unsres Helden Beklemmungen ein wenig überholt oder gar schon historisch anmuten sollten – damals, gerüchtweisem Vernehmen nach, lebte ein Jüngling namens Bogumil oder Boggi, wie ihn seine Freunde nannten. Er hatte sein Leben auf der Verneinung auferbaut und betrieb sie mit Kunst und Ausgiebigkeit, so daß er die Stütze junger Geister ward, die sich von hausbackener Begeisterung fernzuhalten strebten. So genoß er, von trockenem Witz und bissig, einer schmeichelhaften Autorität. Sein Gesicht, trotz seiner dreiundzwanzig Jahre bereits mit drolligen Fältchen geschmückt, war eher weich als scharf geschnitten. So bot sein äußerer Anblick auf den ersten Blick nicht gerade den passiven Mephisto dar, den er herauszustecken liebte. Die Dosis Gemüt, über die er verfügte, äußerte sich in einem weniger genußfähigen als kritischen Blick für Bilder, Verse, Himmelstinten und hübsche Mädchen. Einmal, flüsterte die Legende, sei er verliebt gewesen und habe sich auf diesem ungewohnten Boden wie ein junger Hund benommen. Er, der Meister! Er, der Unantastbare! Das Faktum forderte ein Lächeln heraus, doch die Ehrfurcht stimmte tolerant.

In betreff des »jungen Hundes« lief noch weitere Version um: er habe sich, noch ehe er sich zur Bulldogge, den Raffzahn ins Nasenloch geklemmt, auswuchs, am Schlusse bemeldeter Verirrung kräftig gesträubt und seine Liebe mit scharf beklauter Pfote jämmerlich entblättert. Das blasse, unansehnliche Geschöpfchen wußte sich jedoch das Interesse der Jünger des »Meisters« durch einen eigenmächtigen Lebensabschluß zu erhalten. Das letztere bildete den wirksamen Beschluß jener rührenden Legende, wiewohl Boggi die düstere Phrase:»Das Weib habe nicht die Kraft besessen, sich gegen das Leben zu wehren . . .« dann und wann nachdrücklich betonte.

Genug, man schlachtete es in zwei oder drei eingehenden Biographien aus. Denn da Boggi es grundsätzlich verschmähte, eine Feder anzurühren, so übernahm es die Eskorte, seine Bonmots und sein Leben, das sich durch Eigenart der Beachtung empfahl, festzulegen. Er hatte nämlich keinen festen Wohnsitz, war überhaupt mit Glücksgütern nicht gesegnet. Seine Mäzene, oft jünger als er, erleichterten ihm das Dasein, denn sein Rat, sein Ausspruch dünkte ihnen Gold zu sein. Er schlief nach einem geregelten Wochenplan in fremden Betten, aß Menüs aus privaten Küchen oder Gasthöfen, eingeladen oder auf Grund vorbehaltlichen Übereinkommens, wie es sich gerade machte, und bezahlte seine Gönner mit stets bejauchzten Paradoxen oder ähnlich hinfälligen Redeblumen, die man später unter dem Titel »Herbstzeitlosen eines Geistes« in Buchform der Öffentlichkeit vorzulegen nicht verabsäumte.

Damals, in der Zeit ihres Entstehens, waren die »Herbstzeitlosen« noch für den Sommer geboren, als Knospenschimmer auf der nicht allzu dornigen Höhe dieses spröden Genies. Ihren aparten Namen erhielten sie erst, als das Folgende eintrat, das ich zu berichten unternehme: man hätte es selbst der spekulierenden Phantasie Boggis nicht als glaubwürdig hinstellen dürfen, ohne auf eine verwirrende Abfertigung zu rechnen. Denn eines Tages, als er, uneigennützig wie er war, in der Wohnung eines Muttersöhnchens auf dessen Wunsch sechzehn Liköre auf ihren Spritgehalt geprüft hatte, bettete er sich auf die seidene Steppdecke und hub an, sich einsam und behaglich der Wirkung dieser Genußmittel zu überlassen.

Es hat vielleicht ein beiläufiges Interesse, wenn ich seine Erlebnisse schildere, von dem Punkte an, wo seine Auflösung einsetzte, bis zu dem Punkte, wo sie vollendet war.

Der Marquis du Sang-Froid

Boggi lag zuversichtlich da und spürte den Planetenzustand einer großen, alles in ihren Blutwirbel hineinsaugenden Betrunkenheit. In den warmen Tiefen unergründlicher Bewußtseinsspalten brausten Urgewässer zweifelhaften Zielen zu. Urtöne begannen in launenhaften Rhythmen zu schwingen, als würde jedes der Gläser, die er um sich versammelt, am Rande leise gerieben. In dem großen Kessel, wo der Weingeist ihn mit tausend flüchtigen Bläschen sott,

wurde der Höllenbraten gar, und eine große, abrechnende Beschlie-
ßerstimme ward hörbar:

»*Akute Alkoholvergiftung!*«

Boggi grinste fröhlich und sprach laut und vernehmlich in die
samtene Ampelbeleuchtung des Zimmers hinein: »Wie Sie belieben!« ohne doch im Augenblick recht zu wissen, wen er ansprach.
Doch wurde ihm die Situation plausibel, als ein unterernährter Herr
einen korrekten Seidenhut vor ihm lüftete, mit einer Gebärde, die
besagte: »Darf ich Sie herausbitten?«

Dem Boggi war dies peinlich, zumal er rechtschaffen müde war,
und er ignorierte den mageren Kontrahenten, wie er überhaupt zeit
seines Erdenwallens derartige Förmlichkeiten vermieden hatte. Und
der Herr hatte auch die Rücksicht, sich zu verflüchtigen, nicht ohne
zu dem anschwellenden Gläserkonzert vorher einen kleinen Tanz
auszuführen. Boggi glaubte noch einen Spiegel aufblitzen zu sehen,
und in diesem sah er sich ganz objektiv die Todesqual an, die er
naturgemäß durchmachte; er sah seinen letzten Kampf in eine Mi-
nute zusammengepreßt, mit allen Grimassenphasen, bis seine Augen, zuvor blank, wie Stearintropfen schrumpften. Dann konnte er
sich eine Zeitlang keine Rechenschaft mehr von seinem Befinden
geben. – – – Als er sich annähernd wieder über sich klar wurde,
fühlte er ein gedämpftes Zittern unter sich. Über ihm halbkugel-
förmig in die schmale Decke eingelassen, hing eine Bogenflamme;
der Strom sang und siedete leise zwischen den Kohlenstäben, so
daß ein unbarmherziges, weißes Licht den gutgepolsterten Raum
erfüllte, den er als das Coupé eines D-Zuges erkannte. Ein Surren
umgab ihn auf beiden Seiten; die Luft wurde draußen von einer
unerhörten Geschwindigkeit zerrissen und stand wie eine pfeifende
Mauer hinter den dicken, spiegelnden Scheiben. Boggi, der sich nur
halb ausgeschlafen fühlte, verhüllte die Lampe mit einem grünen,
konvexen Schirm. Eine laue, stetig wachsende Wärme erfüllte den
Waggon; an den Wänden waren Spiegel, die sich gegenüberstan-
den, mit einer unerschöpflichen, dämmernden Perspektive. Wohin
die Fahrt gehe, überließ Boggi in einem träumerischen Fatalismus
der Zukunft.

Da erschien der Kondukteur, ein hübscher und adretter Bengel in
einer simplen Uniform, und überreichte dem Fahrgast mit einer

lässigen Geste ein rotes Billett, auf dem in zierlicher Druckschrift vermerkt stand:»Passepartout pour l'Enfer«. Die Hitze wurde stärker, doch Boggi fühlte sich nur angenehm davon erregt. Das Surren fand draußen ein Echo, wie in einem Tunnel, und vervielfachte sich zu einem disharmonischen Getöse, wie Trambahnschienen auf einer Kurve. Dann glitten vielerlei Lichter draußen vorüber, eine Hetzjagd von Farben, die zuletzt nach der Skala des Regenbogens zu einem bläulichen Weiß verschmolzen. Plötzlich schwieg das Getöse wie ausgelöscht, weggewischt, und wie auf Gummi glitt der Zug weiter, verzögerte sich fast schmerzhaft gewaltsam und stand.

Ein Untergrundbahnhof von dürftigem Typus eröffnete sich Boggi, als er heraustrat. Es herrschte ein reger und seltsam geräuschloser Verkehr. Unter den Leuten, die den anderen Waggons entstiegen, gab es nur gut geschnittene, wenn auch mehr oder minder von Ausschweifung gezeichnete Gesichter, die alle einen Ausdruck von Resignation oder Gleichgültigkeit trugen. Der Kleidung nach rangierte alles in die besitzende Klasse; und die bunte Gesellschaft bewegte sich mühsam, gleich dem Beschauer von einer rätselhaften Kraft niedergezogen, wie unter der Last eines schwer zu atmenden Fluidums, dem Ausgang zu, wo sich ein großes schwarzes Tor erhob.

Bevor man hindurchtrat, wurde man einer seltsamen Prozedur unterworfen. Die Billette wurden abverlangt, und zugleich legten die Beamten ein elastisches Meßinstrument um die Stirn jedes Passierenden.

Hierauf verfügte sich die ganze Gesellschaft durch das Tor in ein Land, in dem ein abendliches Zwielicht herrschte. Der Himmel war hier von einzelnen ziemlich fernen, strahlenden Punkten durchsetzt. Das Land schien eben, die Fernsicht dämmernd, hügelarm, unbegrenzt. Zu beiden Seiten der weißleuchtenden Straße, die schnurgerade verlief, gab es eine wilde, duftreiche Vegetation. Man unterschied hier und da, wo der Wald durch moorige Strecken unterbrochen wurde, erstorbene, phosphoreszierende Bäume, die grotesk geformte Äste in die Luft hoben, verzweiflungsvollen Armen vergleichbar oder zusammengekrümmt wie erstarrte Kadaver. Erschreckend viele schwarze Vögel zogen lautlos über die Schreitenden dahin; zuweilen stiegen sie in Schwärmen irgendwo auf und stießen dann häßliche kurze Schreie aus. Zuweilen kam auch ein Hauch wie aus modrigen Kellern, und alle stockten und legten die Hand aufs Herz.

Doch schritten sie unablässig fürbaß, einem Ziele zu, das keiner dem anderen verriet, nach dem sie sich aber, großäugig und erschöpft, schmerzlich zu sehnen schienen. Der Schmerz strahlte gleichsam von diesen Gesichtern und machte sie zu verzerrten Masken, deren Muskeln unbeweglich ruhten, wie in Wachs gegossen, von einer einzigen hoffnungslosen Empfindung vergewaltigt. Hie und da krausten sich die Stirnen wie bei Schauspielern, die vorsichtige Brauen spielen lassen, um sich über ein pikantes Stichwort zu verständigen; sogar ein verlornes Lächeln blühte auf, dessen Reiz jedoch durch eine plötzliche, lüsterne Vertiefung gestört ward. – Die großen Hüte wackelten, die feinen, perlmutternen Hälse der Soubretten schienen ihrer Federlast zu erliegen. Der helle Staub legte sich gleichmäßig um durchbrochene Strümpfe und scharf gebügelte Hosen. Die Seide der Kleider rauschte, von müden Knien mechanisch vorwärts gestoßen; die Schuhe, deren Lack, vom Staub getrübt, in dem fadenscheinigen Licht matt blitzte, knirschten leise. Atemzüge vernahm man nicht, die Leute wurden wie Marionetten vorwärts gezogen. –

Wie lange man so gewandert war, konnte keiner sagen, denn die Zeit schien stillzustehen. Die Leute begannen zu räsonnieren, zu scherzen und zu lachen, und der Krampf in den Gesichtern löste sich. Es war, als ob hinter jeder Hirnschale etwas Erfrorenes taute; das Leichenhafte schwand, die alten Funktionen der Organe schienen freigegeben. Eine bald stockende, bald regsam dahinfließende Konversation erhob sich; jeder erzählte seine letzten Erlebnisse und die Art seines Todes. Selbstmorde schienen am meisten zu interessieren, und ein weißhaariger, wenn auch augenscheinlich erst vierzigjähriger Kavalier brachte sein chickes Ableben mit viel Selbstgefälligkeit und sportlicher Kürze zur Darstellung, so daß die anderen in ein beifälliges Schweigen versanken. Die kleinen Halbweltdamen und ihre exotischen Schwestern, asiatische, romanische, nordische Typen in buntem Wechsel, hefteten feuchte Tierblicke voll unterwürfiger Koketterie auf die Männer und klimperten mit ihrem Schmuck ... Endlich war das Gespräch, endlich war der letzte Satz in zitternde Worte zerbrochen, in die leere Luft verhaucht. Schweigen lähmte alles, und Boggi, der am Ende des Zuges wie ein müdes Pferd trottete, empfand die Betäubung des absolut Leeren, doch ohne Genugtuung. Er fühlte sich nicht wohl unter diesen Gespenstern; das Geplapper hatte ihn wild und matt gemacht, die Wehmut und verbissene Klage hatten ihn widerlich sentimental gestimmt. Ein unabweisbares Verlangen nach der Ruhe zwischen erlesenen Likören, dem blauen Qualm ägyptischen Tabaks und dem einlullenden Zusammenprall von Billardbällen erfüllte ihn. Er sehnte sich danach, dies alles als einen wüsten Traum von sich schieben zu dürfen, in ironische Distance, auf das Regal des passiven Witzes. Eine Wut erwachte in ihm und fraß seine Gedanken, und schließlich ward sie so stark wie ein roter Stern, der in feurige Funken auseinanderspritzt und alle Sinne versengt.

»Nicht einmal das hat man vom Leben, daß man sich in Ruhe aufs Ohr legen kann«, dachte er ingrimmig. »Man wird durch schattenhafte Gefilde gehetzt, mit zweifelhaften Leuten ... die Razzia des Satans! – Wahrhaftig, ich möchte diesem Kavalier meine Meinung sagen! ... Ich sehe nicht ein, weshalb ich mich so beeilen sollte!« – Er setzte sich auf die Straße. Die Gesellschaft war bald im Zwielicht verschwunden. Eine beklemmende Stille machte sich breit; eine Stille, die auf Unerhörtes zu sinnen schien. Waghalsige Träume, schattenhaft durch groteske Tiere verkörpert, belebten die Gegend. Allerhand durchsichtige Symbole, zu Scheinwesen erhoben, glitten über die Straße, die einem weiten Heerpfad wimmelnder Erinnerungsbilder glich; die ganze graue Kette leerer Stunden, an denen das Leben Boggis so reich gewesen, zog sich eintönig an ihm vorüber, wie der Schall von trägen Tropfen in schaudererregende, verschollene Tiefen. Nichts war festzuhalten, nichts zu entkleiden, nichts stand Rede, allen Dingen fehlte der letzte Schluß, die Auflösung ... Er hörte eine peinvolle, beständige Dissonanz, die dem Gesang blutdürstiger Stechmücken glich, aus dem Sumpf der Herzensträgheit zu Millionen erzeugt ...

Das war die Hölle. Boggi fühlte es und sprach zu sich: »Das ist die Hölle ... was geht sie mich an?« Er lächelte verächtlich; er wappnete sich mit Gleichmut und erwartete die Zukunft ohne weitere Reflexion. Er ärgerte sich, daß er nichts zu rauchen hatte; sein vernickeltes Etui war leer. Er setzte sich auf einen Meilenstein; zwischendurch sah er die silbern schimmernden Telegraphendrähte an ...»Wahrhaftig,« dachte er, »man ist allhier gut und modern organisiert.«

Da hörte er ein fernes, traumfernes, kläffendes Tuu ... tuu ... Eine Hupe. Boggi dachte: »Da kommt jemand schneller vom Fleck als ich ... Tot bin ich ohnehin, und ›tot‹ hat keinen Komparativ. Guter Witz, wenn ich mich vor die Räder würfe! Man wird mich vielleicht zweckmäßiger und resistenter wieder zusammensetzen.«

Mittlerweile blinkten in der Richtung, in die er gespannt lauschte, zwei grüne Lichter auf, die rasend schnell wuchsen. Strahlengarben grünen Feuers jagten voran, und mit einem Male war es da, langgestreckt, wuchtig. Der schwarz spiegelnde Motorkasten schob sich in Sehweite. Er glich einem Sarge, in dem eine Unzahl Pferdekräfte gefesselt tobte; er war an vier Meter lang und fauchte wie ein Raubtier der Vorwelt. Boggi warf sich auf die Straße, ohne Herzklopfen, wie ein Scheit Holz. Der Motor sprang in die Höhe, knatterte wie eine Mitrailleuse und vollführte einen drolligen Tanz um die lotrechte Achse. – Ein Pfiff, und das Fahrzeug stand.

Der Motor schnappte ab, und eine ärgerliche Fistelstimme behauptete sich. Aus den Polstern löste sich ein Ballen von Gummistoff und rollte auf die Straße. In diesem Ballen steckte ein schmalwangiger, spitzbärtiger Herr, der eine grüne Schutzbrille trug; er näherte sich Boggi, hüstelte und sprach mit einer scharfen, farblosen Stimme:

»Sind Sie ganz?«

»Wie Sie sehen«, erwiderte Boggi und erhob sich. »Die Sache wurde erleichtert durch den Umstand, daß ich nicht Materie, sondern nur noch Esprit bin, wenn Sie gestatten.«

»Verdammt, Sie haben recht«, knarrte der Mantel. »Sie sind ein schlauer Kunde; Sie hätten mir beinahe eine Panne beigebracht!«

»Ich sehe keinen Grund, mir hier die Beine abzulaufen«, sagte Boggi gewinnend. »Ich habe es durchgesetzt hierherzukommen, und hoffe auf eine Sinekure. Es ist rücksichtslos, ein ganzes Schock armer Seelen auf dieser langweiligen Straße dahinzotteln zu lassen, ohne begründete Aussicht auf eine angemessene Veränderung. Sie werden das einsehen! – Ich habe mir daher erlaubt, mich abzusondern.«

Der Spitzbart wippte in die Höhe wie der Schweif einer Bachstelze, denn der Kavalier war amüsiert und grinste mit vielen Fältchen. Dann sprach er: »Ich durchbreche ungern meine Prinzipien, doch Ihre Entschlossenheit gefällt mir. Sie sind ein Egoist! He he! Eine Gattung, für die ich immer Kuverts auflegen lasse ... Nehmen Sie Platz. Um mich vorzustellen: Marquis du Sang-Froid, Inspektor, Inhaber und Papst dieser freundlichen Gefilde.«

Man machte sich's bequem. Die Hupe jammerte wie ein Hund, dem man auf den Schwanz tritt, und der Motor begann tief und dumpf zu rauschen. Boggi bat um eine Zigarette und erhielt sie. Er steckte sie an einem Schwefelhölzchen an, was ihm ohne weiteres gelang, da trotz des rasenden Tempos, mit dem man die Straße unter die Räder warf, nicht der geringste Luftzug herrschte. Als Boggi einige Züge getan hatte, überkam ihn der alte Planetenzustand: zeitloses Vegetieren und zwischendurch eine kräftige Lust nach Sensation.

Da kniff der Marquis in den Gummiball, denn die Gesellschaft, der sich Boggi zuerst angeschlossen, war erreicht. Ein vielstimmiges »Halt!« aus vielen Kehlen klang zusammen, ohne jedoch Beachtung zu erfahren.

»Das ist nun schon die sechste Fuhre armer Seelen, die ich heute zähle«, sprach der Marquis durch die Zähne. »Wir haben jetzt stärkeren Zulauf, da der Selbstmord epidemisch wird.«

»Also alles Leute von Entschluß und Rückgrat!«

»Mein Lieber, Sie neigen zu Beschönigungen. Das Rückgrat knackt euch allen ab. Ihr treibt zu viel Grenzgebiete und Gedankensport.«

»Also kommt nur die Elite der Intelligenz herunter?«

»Freilich. – Aber unter diesen nur die Selbstmörder, d. h. die Gewohnheitsmenschen, die Nichtproduktiven, die bloßen Textkritiker und Kiebitze, die dem Leben in die Karten gucken. Durchschnittler, die das Gros darstellen, werden weder bei mir noch beim Chef akzeptiert. Dem Chef gehören die Philosophen und Künstler.«

»Dem *Chef*??«

»Junger Mann, denken Sie nach, und Sie werden wissen, wen ich meine. Denken Sie an den Gegenpol, die nimmersatte Produktion und die bekannte Schlange, die sich in den Schwanz beißt, den Kreislauf ! Denken Sie an die Kraft! – Jeder, der in seinem Leben einen Vers gemacht, rutscht mir durch die Finger. Jeder Pinselstrich, ja jeder kleinste augenverdrehende Gedanke ist eine Stufe zum Chef, eine empfehlende Karte, wenn Sie wollen. *Mir* gehört das Sterile, das Staubfreie, die liebe, beschauliche Verneinung; mir gehört das Begriffliche, junger Mann, der ganze selbstgezimmerte Kram, die Tribüne der Kritik und der bewußten Genüsse!«

Boggi kniff die Augen zusammen und dachte nach. »Da wäre ich ja ganz am Platze!« meinte er zu sich. »Ein netter Mann, dieser Marquis!«

»Kurzum,« schloß dieser seine Betrachtung, »mir gehören alle Eigenhorizontler, die sich wohl fühlen. Wenn der Chef seinen ›Funken‹ in einige Köpfe wirft, so daß sie bei jedem Rhythmus, jedem Kuhfuß, der sich im Dreck spiegelt, in ihr ›Heilig, heilig!‹ ausbrechen, so machen sich meine Kandidaten ihre Theorie zurecht, ohne Verzückung, ohne fanatisches Applausgeschrei. Alle Praxis riecht nach Schweiß und ist demnach unappetitlich. Doch der Chef braucht diese Kohorte von Priestern der Praxis, von Impressionisten und Naivlingen, um für die eigenen unzweckmäßigen Einrichtungen Reklame zu machen.«

»Sie sprechen mir aus der Seele, lieber Marquis!« fiel Boggi ergriffen ein. »Ich bin überzeugt, mein Leben in Ihrem Sinn geführt zu haben.«

»Als alter Physiognomiker«, meckerte der Spitzbart, »las ich's Ihnen vom Gesicht ab. Sie sind zu alt für Ihr Alter; Sie sind brauchbar. Manchmal –« fuhr er träumerisch fort, »muß man wohl zugestehen, daß einige originelle Ideen uns entgangen wären, wenn wir sie nicht hübsch realisiert vorgefunden hätten. Deshalb brauchen wir die Produktiven, schon um Stoff für unsere Moquerien zu haben!« Er gab Boggi einen schelmischen Stoß mit dem spitzen Ellenbogen.

Da belebte sich die Straße mit einigen hellschimmernden kleinen Gestalten, die im Gänsemarsch des Weges zogen und wie ein Taubenschwarm auseinanderflatterten, als die Hupe ertönte.

»Es macht mir ein Vergnügen, da hineinzuplatzen«, lachte der Marquis. »Es ist das ›Korps der Hoffnungsengel, E. V.‹; die Piepmatze sind vom Chef angestellt, um mir zum Schluß noch ein Drittel meiner Pensionäre zurückzuködern; sie attackieren die Tränendrüsen mit Singsang und dergleichen rührendem Gewäsch. – Na ja, des Menschen Wille ist sein Himmelreich!« Er nieste.

Die Gegend, die das Fahrzeug jetzt durchquerte, war kahl. Felsblöcke lagen auf einer baumlosen Ebene verstreut, und ein Wind wimmerte irgendwo in der Ferne. Die kleinen bläulichen Sonnen wurden größer; sie schienen langsam, in großen Pendelschwingungen, vom Platz zu rücken . . . Ein leichter, rötlicher Hauch war am Horizont sichtbar, und irgendwoher tönten dumpfe Wasserstürze.

»Ich lese Erstaunen von Ihren Zügen, Verehrter«, sprach der Marquis nach einer Weile und zog seine Uhr. »Ich will Ihnen die Gegend erklären. Sie befinden sich sechs Kilometer unter der Erde; ich habe mich hier etabliert und eine selbständige Filiale eröffnet, müssen Sie wissen. Denken Sie sich, daß wir unter der Schale einer Pomeranze leben: daß wir uns mit Mitteln, auf die euere geschätzten Ingenieure wohl so bald nicht verfallen werden, einen großen Maulwurfsbau gewühlt haben. Wir haben rumort und rasaunt, haben eine Ehrenkompagnie von Dunkelmännern, von muskulösen Witzbolden und erfinderischen Athleten besessen und zu einer Zeit, wo die erste Amöbe im ersten Regentropfen Scheinfüßchen von sich streckte, schon über komfortable Etablissements verfügt. Man ist ja etwas älter jetzt; nun freilich! – In meiner Entstehungszeit war ich ein hübscher Bursche, das können Sie glauben. Wie ein Sonnenstäubchen im Weltraum, keinem Magnetismus unterworfen, mit schillernden Flügeln . . . Ich war damals noch das unbehelligte ›Ding an sich‹, das sich seines Lebens freute; die Privatpilzzucht auf dem Weltendünger, Menschheit, war erst zum Teil aufgegangen; es waren noch rüde Kumpane mit großen Eckzähnen, die ohne Galanterie miteinander verfuhren. Als die ersten philosophischen Köpfe entstanden, brachen sie mit Begriffsbestimmungen wie eine Herde Büffel in meine friedliche Existenz hinein und erhoben mich zur Lustspielfigur und zum tragischen Dämon. In tausend Rollen wurde ich beschäftigt, um schließlich einen Messengerboy der Geschichte abzugeben, der allerhand unbequeme Leute an passende Adressen schickt.«

»Doch haben Sie nicht auch Befriedigung in Ihrem Beruf gefunden, Marquis?«

»Selbstverständlich. Ich bin den Leuten unentbehrlich; sie brauchen Ereiferungen über mein Treiben, geradeso wie die Erbauung beim Chef, für den ich eine Folie abzugeben habe. Ich bin ein behender Lieferant von erwünschten Lustgefühlen und beherzten Entschlüssen. Das ›Allgemein Menschliche‹ ist mir odios; ich karikiere es tunlichst. Zuweilen sehe ich mich auch belohnt... Sehen Sie den guten, offenherzigen Geheimrat Goethe (derzeit schon Intimus des Chefs, sozusagen Vizegott vermöge rabiater Produktionskraft): dieser Mann, – ein Filou übrigens, will ich Ihnen sagen! – hatte manche Stunden, wo er mir sympathisch war und mit mir harmonierte. Wir gingen zuweilen Arm in Arm; er war ein Witzbold, halb Faun, halb Causeur; er konnte in seinem Hirnkasten die Fächer auf- und zuschnappen lassen. Doch seit er sich auf den Kothurn begeben hatte, war er auch durch schalkhafte Rippenstöße nicht mehr herunterzubringen. Wahre Stelzen hatte er sich angeschafft; er schwoll von Pathos, er war eine wandelnde Orgel und ein aufdringliches Plakat für den Chef, den er überall herauszuwittern meinte...«

Der Lenker stoppte. Die bläulichen Sonnen waren näher gekommen; sie flackerten in tiefer Finsternis. Doch das Fahrzeug war hell beleuchtet. Als Boggi sich fragend an den Marquis wandte, sah er statt seiner ein schimmerndes Phantom, ein menschliches Gerippe mit dem Schädel eines Raubtieres. Boggi fuhr zusammen. Und das Phantom regte die Kiefer, schattenhafte, spitzzahnige Kiefer, und sprach: »Mein Lieber, diese kleine Überraschung ist für jeden neu. Sie sehen, wie wenig Geheimnisse ich vor Ihnen habe: wie einen Strumpf krempele ich mich um. Wir sind jetzt in der Röntgenregion; diese Effekte erzielen wir durch die hübschen Radiumlaternen, die Sie dort oben pendeln sehen. – Betrachten Sie sich gütigst auch!« – – Boggi sah seine Organe hinweggelöscht, ausgetilgt; nur in der Gegend des Herzens saß ihm ein dunkler Fleck.

»Sie haben da noch so etwas wie einen Rest Gemüt und eine lichtempfindliche Platte, die schwarz anläuft«, sprach der Marquis. »Diese kleine Unzulänglichkeit wird hoffentlich bald schwinden. – Nun wollen wir weiterfahren; dort bei der Brücke über dem ›Großen Abgrund‹ ist diese Durchstrahlung zu Ende.«Das Auto raste weiter, und rechts und links wirbelnde, von Finsternis schwärende Klüfte, nichts und abernichts bis in den wuchernden, unermeßlichen Raum hinein, zogen zwei klaffende Tiefen vorüber. Endlich sahen sie einen Komplex von tiefrot beleuchteten Palästen, Pyropolis, die Flammenstadt: Strontiumfeuer auf allen Dächern.

Das Panoptikum

Es gab da große Säle, in deren hohe Fenster das rote Licht von draußen fiel und flackernde Quadrate auf das Parkett warf. Boggi deuchte, als sei er in der Gunst seines Gönners gestiegen. Er übte die mit Pläsier verbundene Befugnis aus, die Leutchen, die am Hofe seiner höllischen Eminenz zugelassen wurden, einander vorzustellen: Haudegen aus vergangener Zeit, Kondottieri, französische Marschälle, Chevaliers des Regime, Landsknechtsführer, die wie Schlachterhunde in das Gewisper verzuckerter Idiome bellten, lasterhafte und hiebfeste Eigenbrötler ohne Gewissen . . . Boggi freute sich, wenn die Ehrbegriffe früherer Epochen in die Lücken der späteren platzten und der Streitlust Futter boten. Die Herren wimmelten durcheinander wie eine maskierte Tanzreunion. Das Weib schien nur die Rolle des Mittels zum Zweck zu spielen.»Das Weib«, meinte der Marquis,»ist eine Entartung, ein Umschlag in die Sinnensphäre, geistlos und folglich Objekt. Man kann es in zwei, drei Typen erschöpfen, kondensiert, wissen Sie, wobei alles auf seine Rechnung kommt. Was die Herren anbelangt, so haben wir hier die Auslese seit 1500. Die früheren Daten arbeiten wir in unserer Fabrik um, neuer lebensfähiger Mischungen wegen, die wir dann droben – auf der vorletzten Haltestelle! – zu Ausleseexperimenten verwenden. Der Esprit ist unzerstörbar; gegen Grundstoffe kämpfen wir nicht an. – So ist jede Generation mit Stoff aus der vorigen bedacht; Sie selbst, mein Lieber, sind auch ein Resultat, das schon früher irgendwann einmal herausgesprungen ist.«

»Das wäre eine handliche Deutung der *Seelenwanderung!*« sprach Boggi.

»Gleichviel . . .« fuhr der Marquis fort.»Nennen Sie's Unsterblichkeit, so haben Sie ebenfalls recht. Der Herr dort hat den Stoff zu einem Trustkönig; eine robuste Rechentabelle; die nächste Inkarnation wird's zeigen; vorläufig ist er am grünen Tisch verkümmert. Hier schätzt man die Fähigkeiten, nicht die Leistungen, und jeder bringt seine latenten Anlagen an den Mann. Raufbolde können sich hier nach Belieben zerstückeln. Spieler können Unsummen einstreichen oder verlieren: die Illusion tut alles. Böcke können sich stimulieren, Literaten entdecken neue Formeln, alte Glossen in mundgerechter Verbrämung, denn nichts ist wahrhaft neu. – Ist kein Platz mehr, so kommt eine Schicht in die ›Große Retorte‹; der Geist wird analysiert und frisch gebraucht. Zwischendurch – und das ist eine schlimme Sache! – platzt wohl der Zuber, wenn einer von den ganz Großen, Spröden hineingerät; so mußte ich es bei der Durchsiebung Napoleons beim Versuch belassen. Das kommt von den konservierenden Ewigkeitspartikeln, die jedes Genie enthält; das Element hat sich bereits vorwitzig aus seinen Verbindungen losgeschält und zankt und explodiert, wenn man es zwingen will. Daher muß ich solche Leute nach einer sinngemäßen Drangsalierung hier wohlpräpariert an den Chef abgeben, der eine Art Raritätenasyl für sie besitzt. – Alle, auch der bewußte Napoleon, kommen schließlich da an; Hauptsache ist, daß sie die gute Menschheit irgendwie einmal gründlich ausgelüftet haben. Der Chef nimmt hier Partei und huldigt einem schier kindlichen Pragmatismus.«

»Momentan befindet sich der Korse noch hier?« fragte Boggi interessiert.

»Ja, er ist leider noch da und nimmt mir viel Platz weg. Da sehen Sie ihn . . .«

In der Tat sah Boggi ein Schemen: vor der Brust gekreuzte Arme und ein grollendes Kinn unter einem Dreispitz. Die Erscheinung pflanzte sich nach jeweilig kurzen, exakten Schritten auf den belebtesten Stellen auf.

»Sie haben alle nur die Pose gerettet«, lachte der Marquis. »Sie sind alle nur Bilder geblieben, und das oft recht verblaßte. Sie existieren hier eine Zeitlang weiter, so wie sie im Gedächtnis ihrer Mitmenschen leben: als ihr *Charakteristikum*. Von manchen sind nur Wörter übriggeblieben, große Wörter wie Tubenstöße und kleine, belanglose Sentenzen, pikante Variationen über langweilige Motive. – Sehen Sie den Salongreis dort! Er tut nichts, als seine zerknitterten Augenlider überlegen zu senken und Ihnen zu erzählen, daß er seine Meinungen nur auf Pantomimen beschränke; dabei übersieht er, daß diese Plattheit schon eine Meinung darstellt. Sehen Sie den Fabrikanten dort, der seinen Astralbauch wie einen Lampion umherträgt; dieser Mann behauptet, es gäbe teueres und billiges Geld; das teuere sei für die Idioten auf dem Drehstuhl, das billige für ihn; denn er habe die Dirigentengeste vom Klubsessel aus, und seine Transaktionen seien wie Petri Fischzüge! Sehen Sie den Tenor dort, den ich mir gelangt habe, weil seine Stimme ein reiner Geschäftsartikel für ihn ist; von diesem sehen Sie zumeist nur einen feisten Hals mit einem rollenden Kehlkopf und hören das hohe C – oft genug verdammt falsch, wie gerade eben, so daß man's ihm mit einem Korkzieher herausholen möchte. Spähen Sie schärfer, so sehen Sie noch den Umriß weibisch durchgedrückter Grübchenknie und gestöckelte Siegfriedsandalen. – Und dort, der literarische Klub, der wie ein giftgeschwollener Rattenkönig in jener Ecke wirkt! – Lehrreich ist das Jüdchen, das so regsamen Vorsitz führt und um jede Größe mit seinem Laternchen schnüffelt. Deshalb ist das Spürorgan deutlich ausgeprägt und von dem Rußwölkchen geschwärzt, das aus dem eigenen Laternchen stammt – so erklären Sie sich wohl dies Panoptikum: Der Mensch vergeht, der Typus besteht!«

Der Marquis war angeregt und wußte noch mancherlei Beispiele für seine Behauptung zu erbringen. Und als Lohn für Boggis entgegenkommende Gelehrigkeit bot er diesem geheime Unterhaltungen: er zeigte ihm die Hölle durch die Brillen aller Nationen. Er massierte sein Gehirn und fuhr wie ein verblüffend geschickter Ziseleur in geheime, nur ihm bekannte Windungen, wobei elmsfeuerartige Büschelentladungen, violetten, zierlichen Moosbäumchen vergleichbar, von seinen Fingerspitzen ausstrahlten. Seine Hände glichen einem Webstuhl, so haarfein konnte er die Nerven haspeln. Er pustete die Zellen auseinander, er goß scharfe Essenzen hinzu; er hantierte mit dem Hirn wie ein Koch mit einer kunstvollen Pastete. Und in der gärenden Soße, in der Neubildung der Schichten, entstand eine Art organischen Wiederauflebens, eine fiebernde Keimung und Spaltung, durch welche bald dieser, bald jener Sinn unnatürlich gereizt wurde und Traumbilder, kaleidoskopähnlich, von grauenhafter Farbenklarheit, erzeugte. Dabei beließ er dem Hirn das dominierende Kalkül, so daß Boggi mit beschaulicher Wollust alle Sensationen fanatischer Kleriker durchlebte, ohne das ironische

Bewußtsein seines Zustandes einzubüßen. Hatte er der erschöpfenden Vorstellung genug, so modellierte der Marquis sein Hirn wieder in die alte Form zurück.

»Dieser Augiasstall von anrüchigen Begriffen und Kitzelmethoden«, sprach er, »ist noch wirr und ungesichtet, weil jeder sein Eigendüftchen, sein Eigengefühlchen liebt und weiterpflegt. Schaffte man hier nach dem Schema ›Urmenschlichkeit‹ Ordnung, so träte ein Schwarz oder Weiß zutage, vor dessen gleichgültiger, in sich ruhender Berechtigung alles verstummen müßte. Es trifft sich glücklich, daß man den Wert des Lebens immer noch in seiner Zersplitterung sucht und das Gegebene in erklügelte Beleuchtungen setzt, um sich dann wieder mit Entdeckerenthusiasmus auf ebendies Gegebene zu stürzen. Die liebe Selbsttäuschung liefert mir die meisten Pensionäre.«

Derlei emphatischen Abschweifungen gab sich der Marquis jedoch nur zuweilen hin; im allgemeinen trug er eine belustigte Schweigsamkeit zur Schau, was sich zu seiner reservierten und gesammelten Tracht – verschiedenfarbiger, meistens roter Frack – so übel nicht ausnahm. Von Zeit zu Zeit hielt er kleine Kongresse ab, wo ein literarischer Klub – der mit dem regsamen Jüdchen – neue Prägungen ausgab oder Meetings über die Annahme neuer sexueller Verirrungen oder Taktfragen gebildet wurden. Einmal wurden Embryonen, totgeborene Kinder mit knospenhaften Anlagen gezeigt. Der Marquis hob diese leuchtenden, großköpfigen Keimwesen, die mit einem drolligen Ausdruck verbissener, greisenhafter Grübelei kleine, runzlige Fäuste ballten, scheinbar aus einer Feuertaufe und schenkte ihnen eine kurze, schattenhafte Wiedergeburt, während der es ihnen vergönnt war, psychische Aufwallungen zu empfinden. Er beschenkte die prädestinierten Kinder mit dem Zynismus lebenslanger Erfahrung und erotischer Empfänglichkeit; er schuf eine Leibgarde von kleinen, schlauen Bastarden um sich, die sich gleich Fledermäusen, die man am Tag auf den Boden setzt, plump und ruckweise vom Platz bewegten. Ein ungetaufter Erdenbürger, dessen vererbter Biedersinn sich für solche Bestallung zu spröde erwies, wurde in das »Korps der Hoffnungsengel« gesteckt, eine Guttat, die dem Marquis eigentlich gegen den Geschäftsnerv ging.

Reine Akkorde waren ihm körperlich zuwider, und so durfte der Gesang dieser Engelspatrouille nur von dem einfach leiernden Rhythmus des Niggerkanons sein, Quinten, die um eine Note wanderten und das Ohr gepeinigt zurückgelassen hätten, wenn die Art des Vortrags nicht seltsam eindringlich gewesen wäre. So heischte es die Höllensatzung.

Der dunkle Fleck

Der Marquis sagte einmal zu Boggi:»Mein Freund, ich setze Vertrauen in Sie. Ich werde mich etwas droben amüsieren; Sie wissen ja, auf der vorletzten Haltestelle. Ich übertrage Ihnen für einige Zeit meine Funktionen. Vor allem sei es Ihnen angelegen, den dunklen Fleck in Ihrer Brust zu tilgen, ganz zu tilgen!« Dann ließ er sich von seinem Schüler an die Station bringen, und Boggi fuhr, das Gefährt nun selbst lenkend, mit der Würde eines stellvertretenden Vizepapstes geschmückt, fröhlich wieder zurück.

Ihm machte das Geschäft viel Spaß. Er saß auf erhöhten Stühlen, in der Ofenhitze der spiegelnden Säle, allein in dem roten Flackerlicht einer unwirklichen Welt, wo Zerrbilder von Menschen lebten und Leidenschaften, irr und abrupt, durcheinanderschlangen. Er befehligte ein Heer von Geschöpfen, die kraft seiner unerschöpflich kombinierenden Phantasie entstanden wie optische Überrumpelungen. Es gelang ihm, seltsamste Vorstellungen kraft seines geweckten Witzes zu bannen; er tat Fernblicke wie in den Farbennebel von Haschischträumen und streckte fuchtelnde Arme über einem willigen Orchester nie gehörter Klänge aus. Er hielt Revuen ab; er warf sich in die Pose des schattenhaften Imperators, der als lästiger Gast spukte; er exerzierte Gespenster und übte selbstdachte Quadrillen ein, Tänze von unsinnigem Takt, Stolpertänze, die hirnloser Flucht glichen, und Trippeltänze auf erhitztem Parkett. Er kümmerte sich um die Fabrik und die»Große Retorte«; er sammelte einen funkelnden Schatz neuer Schlagwörter. Er liierte sich mit Madame Lilith, einem etwas ältlichen, aber noch hinlänglich reichhaltigen Frauenzimmer in rotem Haarschmuck, der wie ein Flammenhelm über ihr weißes Gesicht gestülpt war, und gab Feste, arrangierte Ausflüge und Picknicks in den toten Wäldern zwischen weißen Baumstrünken, wo leuchtende Frösche durch parasitische Blüten sprangen; er genoß ohne Überdruß, stets angespannt, nie befriedigt, immer elastisch, frisch und schlaflos.

Da, mitten im Trubel der Orgien, ereignete sich folgendes: er hörte irgendwoher eine Stimme wehen, kristallklar, unberechenbar fern und doch von greifbarer Wirkung, eine Stimme, tief vor Verlangen wie das Beben eines Cellos und zart wie kühlender Windhauch, und diese Stimme sprach: »Boggi, ich suche dich!«

Er faßte sich an den Kopf. Er befreite sich von den perlmutternen Gliedern Liliths, die ihn umschlangen; er lauschte, schmerzhaft angespannt, und in seiner Brust war etwas angetastet, das mitschwang: ein hilflos vibrierendes Echo. Er beobachtete sich staunend; er zuckte mürrisch die Achseln; ein erstes Mal ließ ihn der Verstand im Stich.

»Zum Teufel,« dachte er, »was mag das sein? – Wir haben viele Geräusche in der Hölle, doch dies da klingt absonderlich.« – Er fand keine Freude mehr an seinen Vergnügungen; er begann einsam zu wandern und sich unwohl zu fühlen in seiner Vizewürde. Auf einmal befand er sich auf derselben Straße, auf der er ehemals gekommen war. Und in dem »Korps der Hoffnungsengel«, die ihm, paarweise geordnet, entgegenwallten, ging eine, die hatte ein weißes Kleid an, und ihre Stimme fiel silbern aus dem Kanon.

Doch er blieb allein. Rings um ihn quoll ein Nachtleben, blinde Gespenster zeugend, ohne den Hauch von Seele und voll von Verlassenheitsgefühl. Kalt und klar spann oben das Radium seine spitzen Strahlen und senkte, rätselhaft sickernd gleich opalisierendem Tau, seine funkelnden, hirnversengenden Netze herab ; und unten breiteten sich die Gefilde vergewaltigt von sonnenlos dumpfer Luft . . . das Reich des Schattens und des Zweifels. Und symmetrisch, geradlinig kreuzten sich hier die Straßen; er sah die Flucht der aneinanderstarrenden Telegraphenstangen, wie sie sich gleichsam fraßen, erschlaffend parallel in Nichts verdämmernd. – Da, bei ihrer Wiederkehr, löste sich aus der Schar der »Hoffnungsengel« die eine im weißen Kleid; er sah die Bewegung ihrer blanken, spröden und ehemals von ihm beleidigten Glieder; sie schwamm auf ihn zu mit stillem Händebreiten und tiefem Blick. Und ihre Lippen, zag gespalten im Durst nach der Ruhe und Sicherheit in einem Kuß, der anderer Art war als alle Küsse der Hölle, hauchten ihren Seufzer:

»Boggi, ich suche dich!«

Sie war schön und hilflos. Sie tastete sich vorwärts, eine rätselhafte Kraft schien in ihr zu sein. »Was ist diese Kraft?« staunte er. »Komm doch, komm!« Er spielte mit ihr ein erhabenes und lächerliches Spiel; er haschte nach ihr wie nach einem Schmetterling. Der »dunkle Fleck« begann zu brennen . . . Doch auf einmal schien sie verschwunden, und er glaubte statt ihrer den Marquis zu sehen, der sich gelb und düster vor ihm auftürmte wie ein grollender Schatten.

»Lassen Sie den Unsinn!« hörte er es hallen. Und dann, wie durch den Witz erniedrigt und verkleinert, fuhr das Schemen fort, kalte Blicke mit den seinen kreuzend: »Sie blamieren sich, mein Lieber. Sie hängen zärtlichen Gedanken nach, die nicht zur Sache gehören. Sie sind nicht intakt; der ›dunkle Fleck‹ steht Ihnen nun und nimmer. – Mir scheint, eine unpassende Reminiszenz von droben behelligt Sie . . .« Und Boggi kehrte zurück, ernüchtert, geärgert und voller Sucht nach neuer Zerstreuung.

Mit der Zeit versuchte er sich vor dieser hämischen Mahnung zu rechtfertigen. »Ich habe keineswegs geträumt, teurer Marquis«, behauptete er und trotzte auf. »Sie haben mir ein apartes Vergnügen ohne Berechtigung zerstört . . . Stören Sie mich nicht; bleiben Sie, wo Sie sind; keine Satzung gerät in Gefahr. Wer heißt Sie, meine Meditationen zu ironisieren? – – – Immerhin, Ihr Wohl!« Und er trank aus schnell gewechselten kleinen Gläsern von anstachelndem, gärendem Wein; hastig und unermüdlich. Er trank, lachte und schrie; er fühlte sich wohl in einem Pfuhl und behagte sich vor einer Arena von lasterhaften, amüsanten Krüppeln, die er aufmarschieren ließ und die auf sein Geheiß Wirklichkeit behielten oder verschwanden wie ausgelöschte Lichter.

Einmal saß er wiederum, lachend und spottend, hinter einer Batterie von Giften verschanzt, die die Zukunft über die arglose Erde verhängen sollte, in einem der Säle. Da sah er sich gegenüber die blutlose Inkarnation des Gräßlichsten, was je erdacht war, ein Stück Rumpf mit verdrehten Gliedern und epileptisch pendelndem Kopf, dessen formlose Züge, von der Farbe des Erstickens, durch den Krampf eines Grinsens unablässig verzerrt erschienen. Dieses Wesen erzählte ihm zerrissene Geschichten, Abenteuer von seltenen und nie begangenen Pfaden der Sinne, Befriedigungen und Sehnsüchte, so unerhört und verworfen, daß selbst der gewiegte Boggi seine Neugier nicht unterdrücken konnte und sich an dem Phantom weidlich ergötzte.

Und doch, trotz alledem, konnte er einem Klang nicht wehren, den sein Ohr nebenbei erhascht; er war von einer seltsamen Schönheit:»harmonisch«, dachte er. Eigentlich war's nur eine simple Figur, eine Verschwisterung zweier Töne, die ihn erregte. Und je mehr das Phantom Grimassen schnitt – es war, als sei ein nicht enden wollender, gräßlicher Schrei in der Luft –, desto dringlicher tat sich die Figur hervor.»Den Reiz des Gegensatzes«, nannte er's.»Der Fall ist einfach und doch eigenartig. Zwei Silben, hintereinander gesprochen, schmerzhaft und angenehm. Wie heißt es doch? ›Ich suche dich!‹ Mit einer netten Pointe auf dem U.« Und er begann, sich von dem Harlekin irritiert zu fühlen. Dieser wechselte die Farbe wie ein Chamäleon; lange Stielaugen traten hervor, suchten wie Schneckenfühler, schleimig tastend, auf dem Tisch und sprangen plötzlich saugnapfartig an seine Stirn. Es waberte und lohte da drinnen; sein Schädel war erfüllt von zwei gläsern starrenden, fühllosen Pupillen, die seine Denkkraft schluckten, so daß er nichts mehr sah und fühlte als diese seelenlosen Augen, die über alles hinwegfunkelten, bis sie im Leeren und Abstrakten erblindeten. Da brannte der »dunkle Fleck« wiederum; da breitete er sich aus, wie in weißem Damast versickernd, errötend wie Herzblut, fruchtbar und lieblich; er blitzte wie ein kleiner, rotierender Sternenhimmel. Boggi fühlte zeitlos; bis seine irrende Seele wiederum den Pol fand, den Heimatsakkord der beiden Silben.

Er bäumte sich auf.»Wer bist du?!« schrie er den Harlekin an. Und dieser darauf:»Seltsam, mein Lieber, wie du mich verkennst! – Bist du nicht mein Väterchen? Bin ich nicht ein Stück von dir, ein Pilz, der auf deiner Mischung wächst?« – »Den Teufel!« schrie Boggi.»Das bist du nicht!« – »Der Glaube ist das Maßgebende«, vernahm er noch; und dann war die Luft vor ihm leer.

Er rannte hinaus. Er rannte, so deuchte ihn, jahrzehntelang auf der schnurgeraden Straße, bis er den Quell des Lautes fand. Sie war da, sie stand im Staub. Und er meinte sie zu berühren, körperlich zu fühlen. Er umschlang sie und sie beharrten beide in dieser Stellung. Und Boggi, das Brennen verstärkt in sich spürend, überließ sich einer kaum gekannten, schmerzlichen Süßigkeit; der Vereinigung mit etwas längst Ferngerücktem und unendlich Erstrebenswertem.

Und was er träumte, war dies:

Eine schirmverhängte Lampe, die ein kahlwandiges Zimmer in eine trübe und traute Beleuchtung setzte, grenzte einen kleinen Bereich ab gegen den Brodem der Vorstadt vor den Fenstern. Auf dem schlecht federnden Sofa mit seinen gelben Antimakassars saß eine Blondine mit stillen Augen im weißen Gesicht, mitten in einem Dunst von Geschmacklosigkeit und kahler Not. Vor ihr stand der dampfende, verbeulte Teekessel, und neben ihr saß ein egoistischer junger Mann, ein süperber Gesellschafter, kein Naivling mehr, Gott bewahre. Sie unterhielten sich, und sie fütterte ihn sorgsam; er war gefügiger und nicht so dämonisch wie im Kreis seiner Freunde. Er ließ sich bemuttern und liebte den Lampenschein, trotz der abscheulichen Fabrikate, über die er zärtlich streifte. Nachdem er seinen Tee mit viel gutem Kingstonrum, zu dessen Beschaffung sie vierzig Pfennige ausgeworfen, versetzt hatte, wich sein Selbstgefühl und wuchs seine Weinerlichkeit. Er redete nicht mehr in Offenbarungen, sondern gleichsam volkstümlich; und sie begriff zwar nicht alles, aber doch immer die Hauptsache, auf die es bei diesen Weinerlichkeiten ankam. Und beide begriffen, daß es sehr gemütlich sei, seine kleine und reputierliche Welt für sich zu haben, im fünften Stockwerk einer Mietskaserne, zwischen Kindergeschrei und unausgelüfteten Familien.

Ihr Gesicht war ihm ganz nah, dies weiche, vom rohen Leben umkreischte und umpfiffene Gesicht, diese köstliche Blüte aus dem Schmutz der Gewöhnlichkeit. Auch diesmal nannte er's »den Reiz des Gegensatzes«, jedoch mit einer gewissen schwermütigen Betonung auf dem »Reiz«. Hier trat der Verstand zurück mit dem Hut in der Hand; es war eine Unterscheidung des Herzens. Die Erinnerung begann ihm arg zuzusetzen, je mehr die neue Phase der Verschmelzung vorschritt. Er erinnerte sich an ein offenes Fenster: eiskalter Luftzug hatte hineingegriffen und das Idyll hinweggefegt. Sie hatte den Sprung gewagt, als er sie sitzenließ, vom fünften Stockwerk in den Hof hinunter.

Gesegnet sei der »Geist«. Er hatte dem erstaunten und angewiderten Boggi die Tatsache erleichtert und ihm handliche Kunstgriffe gewiesen, um Exzerpte und Aphorismen aus diesem Schulbeispiel von Naivität zu pflücken. Ja, und nun? – – – Sein Blick war verschleiert, und ein Herzpochen blieb zurück; es glich einer Mühle, die das Vergangene unzertrümmert, als handfeste Tatsache durch ihr ächzendes Räderwerk schleppte, das Vergangene, das nicht mit dem Strome schwimmen wollte und beharrlich und eigensinnig den Betrieb verstörte.

Da, auf einmal, als er sich noch in diesem konfusen Traumzustand befand, fühlte er es als einen Messerschnitt in die umklammernden Arme, verursacht durch eine lederne, dürre, knochenspitze Hand. – Er hatte überhört, was sich begab. Die Hoffnungsengel, die in ihren silbernen Hemdchen einen frommen Kreis um das Liebespaar gebildet, waren zerstoben, und der schwarzspiegelnde Motorkasten war gekommen, dumpf und behutsam rauschend wie eine grollende Windsbraut. Ein Herr im Spitzbart, in Gesellschaftstoilette, war mit der flachen Hand an der Brust Boggis herabgefahren mit einer wütenden, abschließenden Geste, und die flache Hand rief zuckende Schmerzen hervor, wie ein Griff in offene Wunden. Boggi ermannte sich halb und stand Rede.

»Ich bin etwas früher gekommen«, sagte der Marquis. »Ich fühlte als alter Neurastheniker, daß Sie hier Dummheiten machen, mein Vertrauen täuschen und ihre Vizewürde an Kindlichkeiten und anrüchige Menschlichkeiten verschleudern. Was haben Sie mit der Person zu schaffen?«

Seltsam, Boggi bekam Angst. Er verschluckte sich und hustete. Dann erwiderte er fast bittend: »Verzeihung, Meister. Ich bin nicht so ganz perfekt. Ich werde mich ändern . . .«

»Dazu ist es zu spät«, kam die klanglose Stimme zurück, und die Wut des Marquis schien zu wachsen. »Sie haben ganz gute Anlagen; es ist schade. Ausgebrannt müssen Sie werden, ganz ausgebrannt. Sie sind eine Blamage; ich habe viel an Sie gewandt. – Ich muß Sie hinauswerfen, verstehen Sie das?« schrie er schließlich. »Sie und das Frauenzimmer ! Und nicht bloß hinauswerfen muß ich Sie, *ausmerzen* muß ich Sie, in den Abgrund pusten, Sie widerliches Doppelwesen! Sie riechen zu stark nach der Erde, Sie abgefeimter Sektierer!!!« – Und er begann wieder, sich groß zu machen. Er wurde zur Wolke, spie Hagel und glühende Schlacken, der Motor, vor

Vernichtungslust zitternd, nahm Anläufe und donnerte ... Eine Welle von Verödung drohte aufzuschwellen, eine Welle, die alles bleiche und zerstampfte: so groß war die Wut des Marquis.

In diesem Augenblick lächelte das Mädchen, erglänzte von Lächeln. Sie nahm Boggis Hand und sagte ruhig und schlicht:»Nein! – das wird nicht sein! – Ich werde ihn behalten, Marquis!« – und zugleich ging ein Schatten von Blut über ihr ganzes Gesicht, ein rötlicher Schimmer; und auf der weißen Stirn klaffte eine Wunde und goß funkelnde Tropfen, wie von Rubin, über das durchsichtige Gewebe ihres Hemdes. Sie zeigte ihre Entstellung durch einen gräßlichen Tod, blitzschnell und sieghaft, ihre zerschlagenen, zarten Glieder; sie bot ihre Hinfälligkeit trotzig zur Schau. Und als die kurze Verklärung vorüber war, als der Abglanz ihres Opfers, das größer war als alle Kämpfe und Siege, die der Verstand je ausfechten kann, verlöscht war, stand der Marquis wieder da, die spitze Nase gekraust, die Hände über dem gefältelten Vorhemd verbindlich gekreuzt, und verneigte sich nicht ohne Respekt.

»Sie spielen Ihren Trumpf nicht ungeschickt aus, meine Dame«, sprach er heiser, doch voll süßer Betonung.»Es ist zwar nicht allzu stilvoll, mit dergleichen ins Feld zu rücken – doch ich gestehe gern, daß ich solchen Effekten nicht gewachsen bin.« – Und zu Boggi gewandt:»Scheiden Sie, mein Freund; Sie sind ein Zwittergeschöpf und verderben mir nur das Geschäft. Gehen Sie zum Chef ... Alles in allem sind Sie noch ein rechter Dummkopf, einer von der Gilde der Impressionisten. – Urteil besitzen Sie nicht!«

Boggi hatte sich gesammelt. Das lächerliche Angstgefühl war verschwunden, und in schier humoristischem Ton tat er die Frage: »Und woraus schließen Sie das?«

Der Marquis sah ihn nachsichtig an. Er drehte die Kurbel an, sprang auf den Chauffeurplatz und rief schneidend, von Lachen geschüttelt:

Weil ich Sie selbst bin und alles, was Sie hier sehen und erleben, nichts ist als Ihr eigenes Hirngespinst!!!«

Ein Wetterleuchten! – Ein abscheulicher Krach! – Ein Drunter und Drüber unter der Peitsche der Erkenntnis!!

Taghelle, Fanfarenklänge!

Die Hölle war verschwunden, weggelöscht, und statt dessen sah Boggi sich auf einer Ebene stehen, von einem milden, gleichmäßigen Licht umgeben. –

ZWEITER TEIL

Das Raritätenasyl

Boggi hatte über eine große Ebene zu wandern und ein Gebirge zu überklettern; eine recht strapaziöse Reise, die sich jedoch belohnt machte. Denn er gelangte in einen Kessel, ein Hochplateau oder eine Alpe von großer Ausdehnung, von silbern schimmernden Bergspitzen behütet und voll von Butterblumen und Margueriten. Aus der Mitte sah er etwas Weißes blitzen, einem Felssturz ähnlich oder auseinandergesprengtem Zucker. Er marschierte fröhlich und freute sich der Landschaft. Mit der Zeit (die Sonne, köstlich nah, begann zu brennen) stieß er auf einen hübschen, braungebrannten Jungen, der sich nackt im Grase rekelte und die flaumigen Wölkchen zählte, die oben im Azur auf der Weide waren.

Der Junge machte keine Miene aufzustehen; er schien von all dem Grün und Glanz angenehm hypnotisiert zu sein, und seine blauen, von schwarzen Wimpern eingefaßten Augen starrten groß und behaglich in die Höhe, während eine goldene Fliege sich auf seinem blanken Knie die Fühler putzte. Boggi gab ihm einen kleinen Tritt in die Seite. Der Junge sauste empor – federte förmlich ein wenig, ehe er stabil wurde –, stemmte die Hände in die Hüften und sagte: »Da seh' einer an! Ich verbitte mir solche Handgreiflichkeiten! – Was sind Sie denn für eine Pflanze?!«

»Entschuldigen Sie!« lächelte Boggi. »Ich hielt Sie für einen Ziegenhirten.«

»Hin und her . . .« sagte der Junge abweisend. »Ich bin ebensowenig ein Ziegenhirt als Sie. Erstens gibt's hier gar keine Ziegen, und zweitens bin ich ohnehin was Besseres. Mein Name ist Gabriel. Als solcher verlange ich Respekt; meine Funktionen freilich zu würdigen, dazu sind Ihre frisch irdischen Sinne zu grob.«

»Oh – nicht doch. Sie sind ein hübscher Gedanke vom . . . Chef, ähnlich wie diese Butterblumen und Margueriten. Sie sind ein Genrebildchen; ich liebe das; Sie machen sich gut mit diesem Hintergrund.«

Der Junge war ganz blaß geworden. Dann brach er los: »Erlauben Sie: ›Genre‹?!? – Und was wissen Sie vom Chef? – Ich verbiete Ihnen, diesen Namen in den Mund zu nehmen! Und überhaupt: Ihre ganze Betonung gefällt mir nicht. Mir ist's ein Rätsel, wie man Sie hereingelassen hat.«

»Ich hatte keine sonderlichen Schwierigkeiten. Ich mußte zwar klettern und schwitzen, aber die Leute, die auf dem bequemen Paß hereinwanderten, warfen mir Kußhände zu. Irgendwie bin ich wohl mit der hiesigen Einwohnerschaft solidarisch. Ich hoffe mich einzuleben«, schloß Boggi. »Und wir wollen uns vertragen, wie?« Er faßte den Jungen unters Kinn, bekam aber flugs einen derben Klaps.

»Nun gut«, sagte Gabriel. »Ich will Sie nicht hinauswerfen, wiewohl ich das könnte. – Aber das müssen Sie mir versprechen: Gewöhnen Sie sich das *Denken* ab. Denken Sie kindlich, lieben und verehren Sie das Allernächste. So machen wir's alle hier. Nur auf diese Weise können Sie reüssieren. Wir haben schon mehr Krittler bekehrt; Sie sind nicht der erste. – Doch sagen Sie nochmals auf Ehrenwort: Hatten Sie keine Beanstandung?«

»Nicht die geringste. – – Ich habe geliebt.«

»Das ist schon etwas«, sagte Gabriel. »Liebende passieren. – Irgendeine Liebe, und sei es auch nur eine kleine Passion, schafft hier Einlaß. – Und Ihr Wunsch?«

»Ich möchte zum Chef.«

»Ja ja! – Denken Sie sich's nicht zu einfach! Gerade bei Leuten wie bei Ihnen ist der Chef nicht so kordial; er materialisiert sich höchst ungern und läßt sich am liebsten durch Symbole vertreten. Ich wiederhole Ihnen darum nochmals: Wünschen Sie sich nichts! – Denken Sie an das Nächstliegende, am besten: empfinden Sie bloß! Das hat der Chef am liebsten, und so ist er zu jeder Gefälligkeit zu haben.«

»Aber ich kann mir nicht helfen!« rief Boggi in komischer Verzweiflung. »Ich muß doch kritisieren! – Ich *muß* mich doch amüsieren! – Und im Himmel amüsiert man sich doch!«

»Hol' Sie der Teufel!« schrie Gabriel, fuchsrot in seinem hübschen Gesicht. »Sie haben sich nicht zu amüsieren! – Sie machen sich unmöglich; probieren Sie's bloß! – Hier *empfindet* man!!« Er seufzte auf. »Mit Ihrer Rasse hat man doch die meiste Schererei! – Doch ich bin hier angestellt; ich habe Ihnen Direktiven zu geben und erwarte Gehorsam von Ihnen. – Leuten Ihres Schlages muß man derb kommen«, setzte er wie entschuldigend hinzu und schlug seine hyazinthblauen Augen fast verschämt zu Boggi auf.

Boggi lachte, und der gute Gabriel, verwirrt und schier von seiner eigenen Kühnheit eingeschüchtert, machte den Vorschlag, zu gehen.

»Ich habe hier den Führer zu machen«, sprach er. »Deshalb ersuche ich Sie, sich Ihren mokanten Verkehrston möglichst bald abzugewöhnen, denn sobald Sie irgendwie literarisch werden oder gar einen Witz machen, sind Sie unmöglich und müssen verduften – wie Sie das machen, ist Ihre Sache; doch wir werden's Ihnen schon erleichtern.«

»Ich will mir aufrichtige Mühe geben«, versprach Boggi und blinzelte seinen Führer an. »Aber sagen Sie: ist das Leben hier oben so ohne Amüsement nicht sterbenslangweilig? – Den ganzen Tag kann man doch die Wolken nicht zählen; da ist die größte Portion Phantasie bald zu Ende.«

»Sie müssen das nicht sagen«, erwiderte Gabriel eifrig. »Die Art Abwechslung, die Sie vielleicht gewohnt sind, gibt's hier freilich nicht; und doch hat man hier vollauf zu tun. Womit, werde ich Ihnen etwas später sagen. Doch eins müssen Sie zugeben: auch das Vegetieren in Sonne und Erdwärme hat sein Gutes; man erfüllt seinen Kreis wie eine Pflanze, und wenn man Lust hat, vergeht man ins All-Blaue. Gefällt einem aber der Zustand (ein klein bißchen beschauliches Kalkül behält man sich doch vor), so zeugt man sich fort, wie ich's mache; ich bin schon meine dritte Generation, durch drei farblose und schöne Mütter – ihr kennt sie nur unter großen Deckwörtern – dreimal aufgefrischt und verjüngt, ohne ein Quentchen meiner Eigenart einzubüßen. Man wächst hier furchtbar langsam und braucht bloß Luft und Wasser. Na, und so ist man für die Ewigkeit eingerichtet; leidlich zeugungskräftig ist man ja immer noch!« Er knallte sich wohlgefällig mit der flachen Hand auf den prallen Schenkel.

Boggi meinte: »Der Himmel sieht wesentlich anders aus, als man sich da drunten vorstellt. Man hat da viele Draperien und Kulissen, womit man diese einfache und freundliche Gegend umstellt und sie nach dem Geschmack phantasievoller Religionsgründer einrichtet. Schon das gefällt mir, daß man keinen Weihrauch riecht und die Sache keinen spezifisch christlichen Anstrich hat. Wie ich herkam, erwartete ich, schwarze Pfäfflein mit Harfen umherwallen zu sehen. Aber davon kann ich gottlob nichts entdecken.«

Gabriel hatte ihm angestrengt zugehört und all seine Geisteskräfte zusammengenommen. »So?« sagte er, »da habt ihr also drunten immer noch eure Tradition. Ich muß dir nämlich sagen, daß selten einer von denen, die heraufkommen, eine vorgefaßte Meinung hat. Sie wissen sich zum größten Teil ohne Vorurteil hier einzuleben, haben sozusagen schon auf Erden Präzedenzfälle für hiesiges gutes Benehmen dargestellt. Denn Vorurteilslosigkeit ist ein Haupterfordernis für hier oben. – Du hast doch nicht etwa eine Meinung?!«

»Nein,« log Boggi, »ich lasse alles gelten.«

Gabriel sah ihn von unten bis oben an und spazierte einmal um ihn herum. Dann lächelte er listig und sprach: »Du bist ein Schäker. Du hast deine Toleranz – freilich. Es ist aber eine spezielle Toleranz, mein Lieber! Eine Toleranz, die Ansprüche an die Dinge stellt, die sie toleriert, eine Aftertoleranz aus Bequemlichkeit; und was ihr zuwiderläuft, tut sie als geschmacklos ab. – Diese ist von der hier verlangten Toleranz grundverschieden.«

Boggi dachte: »Der unheimliche Bengel duzt mich schon; er scheint an Respekt zu verlieren. – Ich werde ihm einmal anders kommen. – – »Gabriel,« sagte er laut und pointiert, »Kritik verbitte ich mir, du junger Mensch. Ihr mögt ja hier oben auch euere Eigenheiten haben – gut. Aber ich bin so, wie ich bin, verstanden?« Er reckte sich gebieterisch in Pose.

»Soooo?« erwiderte der andere sanftmütig und schadenfroh. (Er brachte das O mit talerrundem Munde hervor.) »Dann brauchst du mich ja wohl nicht mehr. Dann kannst du dir zuerst wohl das Vergnügen machen, dir allein die Hörner etwas abzulaufen. Entweder du parierst (seine klaren Augen blitzten) oder du – verduftest, wie ich dir schon sagte.« Er warf sich ins Gras und wedelte mit der flachen Hand. »Adieu!« sagte er noch; dann drehte er sich auf die andere Seite und steckte das Gesicht in die Blumen.

Boggi stand unschlüssig da und überlegte, was zu machen wäre. Da ihm kein anderer Ausweg blieb, entschloß er sich, klein beizugeben.

»Steh auf!« rief er. »Ich gebe dir recht; du bist ein herrlicher Knabe.«

Gabriel wälzte sich herum und blinzelte ihn an. »Das hast du dir schnell überlegt«, meinte er nach einer Pause. »Willst du jetzt parieren?«

»Ich will, es ist mir ein Vergnügen«, schwor Boggi, und Gabriel sprang auf (er federte wieder ein wenig) und hängte sich an seinen Arm.

»Nun gut«, sagte er beifällig. »Trotzköpfe, Literaten und sonstige Witzbolde, die sich einschmuggeln wollen, werden flugs erraten, durchschaut und abgetan. Du bist so einer, nicht ein Quentchen Ehrfurcht steckt dir noch im Blut; wir wollen hoffen, daß sich dir noch das Nötige beibringen läßt.«

»Und wie war's mit der Toleranz von vorhin?«

»Du mußt mit dem *Herzen* denken, nur mit dem Herzen«, sagte Gabriel ernst und machte dicke Brauen. »Ein klein bißchen körperliches Behagen gönnt man dir ja.« – Sie wanderten eine kleine Strecke weiter, und Boggi erkannte jetzt, daß der Streuzucker, den er zuerst erblickt, ein freundliches, von einem hohen, grasgrünen Zaun umfriedetes Dörfchen war. Gabriel nahm einen Anlauf und sprang wie ein Gummiball über die wohl drei Meter hohe geschlossene Tür. Hinter dem Gitter lachte er fröhlich und steckte die Nase durch die Stäbe.

»Nun, und . . .?« fragte Boggi erstaunt. »Soll ich nicht hinein?«

»Du mußt erst einen Eid ablegen«, kam die Erwiderung, und Gabriels Stimme war geheimnisvoll und schön geworden, etwas wie ein reiner Akkord war in ihrem Klang. Auch leuchteten jetzt seine Glieder, zuvor braun, nunmehr wie frisch gefallener Schnee. »Du mußt beschwören, dich nicht mokieren zu wollen.«

»Gut,« sagte Boggi nach einer Pause verblüfft,»wenn das hier zum guten Ton gehört, so will ich ihn wahren und mich zusammennehmen. Also schwör' ich's.«

»Denke dir's nicht zu leicht«, kam der einschmeichelnde Klang zurück.»Du wirst Mühe haben, doch der Lohn ist köstlich. Mit der Zeit wirst du dich daran gewöhnen, und später geschieht es vielleicht, daß man dir als würdigem Kandidaten das Bürgerrecht in diesem Asyl gibt und dich hier logieren läßt.«

Er drehte den Schlüssel in dem goldenen Schloß von innen um, und das Tor sprang auf.

Das Dörfchen bestand aus Biedermeierhäuschen; sie standen hübsch bemalt und brav nach der Schnur gerichtet. Jedes hatte ein Gärtchen für sich, aus welchem farbige Glaskugeln, Sonnenblumen, Dahlien und die ganze bunte Fülle derber Hausblumen hervorlauschten. Einige prächtige Schmetterlinge saßen flügelspreizend auf der stillen, sonnigen Straße; der einzige Laut kam von einem Hahn, einem Prachthahn offenbar, der in der Ferne wie ein Glöckchen läutete.

Gabriel stellte sich salutierend am Tor auf:»Tritt ein«, sagte er. »Hier wohnen also die Herrschaften, denen du nachzueifern hast. Und wenn du dein Versprechen hältst, wirst du ja weiter keine Schwierigkeiten haben.«

»Aha, – das Raritätenasyl!«fuhr es Boggi heraus.

Gabriel wich einen kleinen Schritt zurück.»Wo hast du denn den Ausdruck her?« fragte er erstaunt.

Boggi blieb ernst, seiner Instruktion gemäß.»Den gebrauchte einmal der Marquis du Sang-Froid«, sagte er.

Gabriel schlug entsetzt die Hände zusammen.»Was?!« schrie er, »den kennst du also auch?«

»Ich habe bei ihm stationiert«, erwiderte Boggi.»Doch das hat nichts weiter auf sich, besonders da ich ihn abgetan habe. Es hat sich nämlich herausgestellt, daß er nichts weiter war als mein eigenes Hirngespinst.«

»Das sagst du so«, sprach Gabriel und sah ihn halb interessiert und halb angeekelt an.»Ich höre den Namen nicht zum erstenmal, auch andere Leute hatten mit ihm zu tun. Er scheint so eine Art fixe Idee von deinesgleichen zu sein. Aber derartiges ist hier verpönt, der betreffende Herr ist ein Produkt angestrengten Denkens; (ich meinerseits kann ihn mir *nicht* vorstellen), er ist also gerade das Gegenteil von dem, was sich hier empfiehlt. – Übrigens, die Bezeichnung ›Raritäten‹ ist gut, fast noch präziser als ›Menschen‹. Ich warne dich aber, etwas von deinem Vorleben durchblicken zu lassen; du weißt, wie du alsdann hier ankommst. – – Nun Schluß!«

»Zunächst –« sprach er im Weitergehen, »will ich dir den Bürgermeister zeigen. Für die laufende Epoche hat Herr Geheimrat Goethe den Posten und wird ihn voraussichtlich noch lange behalten. Schon wird es dunkel, deshalb wollen wir uns ein wenig beeilen.« Er schritt auf seinen elastischen Sohlen vor Boggi her. Ein besonders schönes Haus mit weißer Diele war erreicht. Es bildete den Beschluß des Dörfchens, das sie inzwischen ganz durchwandert hatten. Vor der mit Lorbeerbäumchen in hübschen Abständen flankierten Tür stand eine runde Taxuslaube, auf die ein schnurgerader Weg von der Straße zuführte, an reinlich und symmetrisch bepflanzten Tulpenbeeten vorbei. In dieser Laube saß ein alter Herr in einem seidenen Schlafrock. Die Stirn, wie eine glatte Elfenbeintafel, war geneigt, sinnend geneigt über ein Gänseblümchen, das die Finger langsam zerpflückten. Boggi weidete sich an dem Bilde und trat dann zurück.

»Nun will ich dir auch erklären,« sprach Gabriel, »womit man sich hier beschäftigt –: *Man staunt.*«

»Wie –?«

»Man staunt«, wiederholte Gabriel ehrfurchtsvoll. »Und wer am erstauntesten ist, bleibt hier der Größte.«

Boggi kam ein Lachen an, er unterdrückte es.

»Sieh,« sagte der Knabe traulich, »ihr seid recht arm, daß ihr das nicht fassen könnt. Dieser alte Herr sitzt hier, stundenlang, in der Laube und staunt eine Grasrispe oder ein Gänseblümchen an. Er hat den ganzen Kreis durchlaufen, ist auf allen Abwegen gepilgert, ohne doch die große Straße aus dem Auge zu verlieren, ist Herr über sämtliche großen Wörter und Herr über sich; ja, er hat in seinen Augen die Welt wie in einem Spiegel eingefangen und alles eingeschlossen. Und als er zu Ende war, glaubte er wohl, seinen Kreis erfüllt zu haben, und das war eine Leistung, das gibst du wohl zu.«

Sie gingen weiter.

»Nun, als er heraufkam, bildete er sich wohl ein: Ich bin zu Ende; hier kann man mir nichts Neues mehr bieten. Weit gefehlt! – Er ist nicht alterskindlich, wie du ihn so siehst; da er sehr, sehr schwer erschöpflich ist, verfiel er auf die Einzelheiten und blieb darin stecken wie ein empfängliches Kind. Er fängt von vorne an. Er verfällt wieder auf das Einfachste: die Symmetrie, und weiß sich nicht zu helfen vor Freude über ein Blümchen. Er wird noch lang, lang über dem Blümchen träumen . . . er ist der Vertrauensmann des Chefs. Ihr glaubt nicht, wie wenig weit ihr anderen gekommen seid. Ihr seid Grashüpfer, und er ist ein Vogel. Ihr wuchert mit einem Pfunde, das ihr nie erkannt habt . . .«

Inzwischen war die Abendsonne gekommen, und alle Fenster brannten. – Sie kamen noch an vielen Gärtchen vorüber, und überall saßen Leute und lächelten; der Widerschein der blitzenden Fenster schien dies Lächeln auf ihren Gesichtern hervorzurufen. – – Da hörten sie ein Trommeln, ein leises Pochen, und als sie hinzutraten, saß dort ein kleiner, häßlicher Mann. Sein Kopf, von schwarzem, ungepflegtem Haar umwuchert, wiegte sich leise, und sein bartloses Gesicht blickte stumpf und beinahe grollend auf ein Instrument, ein Spinett ohne Saiten, auf dessen perlmutterne Tasten er nachdenklich seine Finger drückte.

»Dies ist der stärkste Illusionist, den wir haben«, erklärte Gabriel. »Er ist völlig taub, doch alle Saiten, die er braucht, klingen in seinem Kopf. Er beschäftigt sich schon lange mit dem Wesen einer einzigen, simplen Tonfigur, einem Mollakkord: er ist stets erschüttert und voller Andacht, er hört und fühlt nichts anderes mehr. Das ist Liebe. Er hat seinerzeit alle Leidenschaften prächtig instrumentiert; jetzt fängt er von vorne an und bestaunt die einfachste Harmonie, findet das ›Quid divinum‹ im Urstoff wieder. Man kann zweifeln, wem von den beiden, dem Bürgermeister oder diesem Spinettmann hier, der Vorrang gebührt, denn sie machen sich, ohne es zu wollen, erhebliche Konkurrenz.«

Beethoven sah auf und sandte ihnen einen einsamen Blick zu; augenscheinlich störten sie ihn. Sie wanderten weiter. »Du wirst morgen«, sagte Gabriel, »noch genug Gelegenheit haben, dir die Einwohnerschaft zu betrachten. Die regsameren, noch nicht ganz eingesessenen, sind am ehesten noch für Zerstreuung und Gespräch zu haben. Einstweilen schläft hier alles, die Größten schlafen am längsten; du kannst also erst morgen abend mit ihnen konferieren. Da du als Eleve noch keinen festen Schlaf haben wirst, so darfst du mich bei meinem Nachtwächterdienst unterstützen und aufpassen, daß nichts passiert. Es gibt hier noch ein paar zweifelhafte Herren, auf die man achten muß, und Dummheiten sind hier, wie auf Erden, immer noch schnell gemacht.«

Gabriels Häuschen stand an der Tür des Eingangs; er ging hinein und holte sich eine lange Bambusstange, an der eine violette Papierlaterne baumelte, die ein sanftes, zärtliches Licht ausstrahlte. – – Der Hahn, wie ein fernes Glöckchen, krähte noch einmal melodisch; dann flog er über das Dorf, mit buntem Gefieder; sein Schweif glich einem kleinen Kometen. Ein köstlicher, leiser Choral erhob sich, der trotz seiner Getragenheit eine gewisse, leicht pulsierende Grazie der Tongebung erkennen ließ. Dann stand ein funkelnder Sternenhimmel wie eine blaue Glocke über die Alpe gestürzt, und die ganze Nacht hindurch sah man die Umrißlinien der Gebirge leise leuchten . . .

Das große Uhrwerk

Nach längerem, schweigendem Warten bemerkte Boggi, wie die Papierlaterne sich senkte: Gabriel war müde geworden, Gabriel schlief ein. Er sank ins Gras und schlief gesund und rotwangig, den Kopf auf die volle Achsel gebettet. Boggi fing die Laterne auf und promenierte umher, indem er angestrengt über das bisher Erlebte nachdachte. Da mußte er plötzlich unaufhaltsam lachen und bog sich vor Vergnügen. Indem er so mit sich selbst beschäftigt leise kicherte, übersah er einen Mann, der ihm entgegenkam; er trug eine Krücke und humpelte. Ein feines, weißes Gesicht unter einer seidenen, etwas fleckigen Kopfbinde. Und siehe da: der Mann kicherte gleichfalls, doch lautlos, wie angesteckt, und sprach: »Haben wir einen neuen Nachtwächter bekommen? Gott zum Gruß, Freund;

wir sind Leidensgenossen; wir sind beide schlaflos; der Intellekt kommt nicht zur Ruhe.«

Boggi schnellte empor und erkannte in dem Mann den Dichter und Plauderer Harry Heine wieder. Er sammelte sich schnell und sprach:»Ich wußte selbst kaum, worüber ich lachte, Meister.«

»Also bloß animalisches Wohlbefinden«, sagte Harry und kicherte spitz, ein bißchen schwindsüchtig. Dann fuhr er zusammen und tastete sich langsam und sorgfältig seinen Rücken ab.»Es gibt mir jedesmal einen Riß in der verdammten Wirbelsäule, wenn ich heiter bin«, stöhnte er. – Dann freundlicher:»Doch schwindeln Sie nicht; Sie sind noch ein Neuling und auch vom sarkastischen Fach, wie mich dünkt. Sie *dachten!* Man hat, besonders wenn man noch so schlecht schläft wie ich, eine Art Ferngefühl und spürt es, wenn jemand *denkt.* Deshalb ersuche ich Sie: Lassen Sie uns ein wenig plaudern. Wir wollen promenieren, es ist noch mitten in der Nacht.«

Boggi faßte ihn unter den Arm, und mit schlürfendem Schritt ging der Meister neben ihm her.

»Man hat es ja ganz gut hier,«sagte er,»alles in allem ist's eine Sinekure, ein Sanatorium für überreizte Gehirne. – Wissen Sie, ich bin auch nur hierhergekommen, weil ich eine Art Unikum bin und außerdem noch Märtyrerverdienst um eine gute Sache habe. Ich habe mich keineswegs, wie Sie vielleicht, elegant mit dem Leben abgefunden, sondern unentwegt daran geglaubt, und an die hübschen Begriffe und Nippsachen, die das Dasein herkömmlicherweise verschönern sollen. Da ich eine lose Zunge hatte, ging mir's zuweilen recht munter, und ich wäre eine Hauptakquisition für unseren Marquis geworden –«(er flüsterte jetzt und sah sich scheu um),»wenn ich nicht wirklich *empfunden* hätte. Ja, das habe ich, Gott steh mir bei! – Ich habe nicht bloß nachgestammelt, sondern auch *produziert!* Unter Herzkrämpfen, ich versichere Sie! So sind denn auch einige ganz gute Sachen zustande gekommen. Doch dann geriet ich in Ihr Fahrwasser und warf mich aufs Glossieren. Daher kam's, daß ich manche eigene, echte Träne, die was darstellen sollte, unter die Lupe des Witzes nahm, wo sie nach kurzem Funkeln flugs verduftete; im Grunde bin ich ja auch nur ein Instrument für Augenblicksgefühlchen gewesen. Ich komme mir eigentlich unangebracht vor, hier, unter diesen Titanen . . . Man hat mich ans äußerste Endchen plaziert«, sagte er hüstelnd und schnupfte sich in ein gesticktes Taschentuch. »Doch Gabriel ist ein guter Bengel; er hat ein Herz für mich.«

»Aber Meister!« rief Boggi tief erstaunt. »Wo bleibt Ihre Selbstherrlichkeit? Sie sind ein Dichter! Sie gehören unter die Großen! – Und nun werden Sie sentimental?!«

»So?« sagte Harry, . . . »so? bin ich einer? Das freut mich. – – Du lieber Gott, meine paar Sächelchen! Man schätzt mich noch?«

»Bedeutende Verleger nehmen sich Ihrer an«, erwiderte Boggi. »Man druckt Sie in ungezählten Exemplaren – ja, zum Teufel, ich muß gestehen, Herr Heine, daß Sie mich enttäuschen! – Ich hoffte auf eine kleine, lästerliche Unterhaltung, einen kleinen Augurenaustausch, und nun sind Sie in solcher Verfassung!«

»Ja, nun ist das was anderes«, sagte Heine, plötzlich verwandelt, und hing sich fester an seinen Arm. »Sehen Sie, dies Taschentuch hat mir die Mouche noch gestickt; sie war ein gutes Kind. Ich glaubte, ich hätte den Chef arg verstimmt durch meine Witzchen, wissen Sie. Nun, der Chef ist tolerant, und die Mouche hat mir hier Zutritt verschafft. Ich liebte sie gar sehr, und auch ihr Busen hat für mich gebebt. Und, sehen Sie: in der Liebe kann man nie reproduktiv sein! – Man ist stets originell, wenn es zu Handgreiflichkeiten oder gar Versen kommt! . . . Wie finden Sie übrigens diese Kolonie?«

»Im Vertrauen,« sagte Boggi, »etwas langweilig.«

»Du lieber Gott,« meinte Harry, »das finde ich nämlich auch. All diese Charakterköpfe, man kennt sie bereits; man kommt sich schier wie ein bestaubtes Museumsstück vor. Doch der Wahrheit die Ehre: man ist im allgemeinen recht unbehelligt. Mir kann's gleichgültig sein, ob irgendein krittelnder Epigone an meinem Denkmal das Beinchen hebt oder ob es einen Machthaber in meiner Gesellschaft fröstelt. Ich glaube, ich bin auf dem Wege, zum Ursprünglichen zurückzugleiten, wie meine hiesigen Kollegen; nur werde ich vermutlich nicht über mein interessantes ›Ich‹ hinauskommen, denn für das Gänseblümchen bin ich zu stark östlichen Einschlags. Doch pssst! – Da wird es Tag, und meine Matratzen warten. Leben Sie wohl und Dank für das Plauderstündchen!« Er humpelte eilig davon.

Das nächtliche Intermezzo war von Gabriel nicht bemerkt worden, der, ausgeschlafen und munter, seine Laterne ausblies und Boggi suchte. Einmal noch zierlich gähnend, ging er in sein Häuschen zurück und bat Boggi, ihm zu folgen. »Eigentlich«, sagte er, »habe ich mein eigenes Bett. Du siehst es hier, es ist naturgewachsen.« Boggi sah ein Bettgestell, das mit Wurzeln in die Erde faßte. Das Plumeau war mit köstlichen Stickereien bedeckt: Liebesszenen aus dem ganzen Kreis der Schöpfung bis zu einem Menschenpaar, das sich durch Blumengewinde hindurch haschte. »Mein Erbteil,« erklärte Gabriel ernsthaft, »das ich mir jedesmal testamentarisch selbst vermache, wenn ich mich erneuere.« Boggis Fuß stieß an ein großes, perlmutternes Ei. »Meine Puppe«, sprach der junge Hausherr. »Siehst du, wenn ich wieder ganz klein bin, so passe ich hinein. Du mußt nämlich wissen, daß ich einen Kreislauf durchzumachen habe. Bin ich achtzehn Jahre alt, so werde ich wieder klein, mache einen Rückprozeß durch. Von meinem zehnten bis zum sechzehnten Jahre trage ich Flügel, die ich, sobald ich über den Zaun springen kann, wie ein lästiges Kaulquappenschwänzlein abwerfe. Du kannst das erleben, wenn du dich hier brav beträgst. Ich bin jetzt schon auf dem Rückweg und erhalte demnächst meine Flügel wieder.« Er drehte ihm den Rücken zu. Boggi sah zwei kleine, farblose Membranen, die von Gabriels Schulterblättern hingen wie feuchtkeimendes, noch gefälteltes Laub.

»Und was ist's mit den Müttern?«

»Ja,« sprach Gabriel, »die sind vonnöten. Denen macht meine Instandhaltung keine körperlichen Beschwerden, doch brauche ich ihre Brüste und ihren Futternapf, denn in gewissem Sinne verdanke ich ihnen meine Existenz. Du kannst sie gelegentlich zu sehen bekommen, wenn ich dich zu dem Garten der Illusionen bringe; sie heißen Elpis, Pistis und Agape. Sie gehen immer selbdritt, wie überhaupt die Dreizahl hier eine Rolle spielt.«

»Also bist du am Schluß ein ganz kleiner Bube, den man auf den Armen trägt?«

»Wenn es dir Spaß macht, wirst du das tun können«, lächelte Gabriel. »Doch als Gesellschafter kann ich dir dann nicht mehr dienen, denn meine Geistesgaben werden naturgemäß spärlicher. Zum Schluß habe ich nur noch knospenhafte Instinkte und werde sehr gehätschelt, denn dann bin ich ein typisches Symbol und verlege mich ganz aufs Staunen.«

Plaudernd traten sie heraus, und Boggi sah sich mit seinem Freunde zusammen die Gegend an. Ein milder, flaumweicher Wind wehte über kleinen, festlich frühlingshaften Birkenbeständen. Sie verließen die Ebene und gelangten zu der Gebirgskette. Nach dem Durchschreiten dämmeriger Forste, wo ein stetes, orgelartiges Sausen in den Wipfeln herrschte, erstiegen sie eine Höhe. Unter ihnen traten die Täler nach den vier Himmelsrichtungen auseinander, und jedes Tal war erfüllt von allen klimatischen Wundern der Schöpfung. Alle Stimmungen schienen zusammengedrängt; es war ein Funkeln, Duften und fernes Getöse millionenfach aufklingender Tierstimmen. Und während sie dort weilten, wurde Boggi demütiger und von großen Ahnungen gestreift; sie sahen Nacht und Tag wechseln, traumhaft schnell, Sonnenpausen von Verdunkelungen durchsetzt, nach den großen Gesetzen der Bewegung und Wiederkehr, als prächtiges Uhrwerk... Die Zeit rann, die Zeit fiel und stieg, wie Wassertropfen funkelnd, zerstäubend; alles Wesen, nach seinem Kreislauf, bildete sich neu oder versank... Und doch schienen's Boggi nur Minuten zu sein, in denen sich so unerhört viel abspielte, und er wandte sich, geblendet, erschöpft und sprachlos, dem Rückweg zu.

Als er Gabriel wieder betrachtete, entfuhr ihm ein Laut des Erstaunens. Ein milchjunger Knabe schritt neben ihm und trug Flügel am schmalen Rücken, Libellenflügel, die das Licht farbig brachen.

»Um Gottes willen!« rief er aus. »Wie lange sind wir denn schon hier oben? – – Oder treibst du nur einen Scherz?«

»Einen Scherz?« sagte Gabriel und flatterte eine kleine Strecke lang, während er sich mit den rosigen Zehen von den Wurzeln abstieß. »Du bist ein ganzes Jahr hier oben gewesen, weißt du das? Du warst nur ein wenig verblüfft über das reichhaltige Panorama... Was wirst du erst Zeit brauchen, bis du zum Chef gelangst!«

Boggi schwieg verdrießlich. Dann sagte er: »Aber zunächst ersuche ich dich, wenigstens deine jetzige Fasson beizubehalten. – Du wirst nicht verlangen, daß ich mich allein durch alle diese Rätsel durchbeiße.«

»Rätsel?« klang die silberne Stimme zurück, kindlich und vergnügt. »Durchbeißen?! . . . Aber bester Herr, das gibt es ja gar nicht! – Gewöhne dir nur das *Denken* hübsch ab, dann gibt es auch keine Rätsel mehr. Das ist alles klipp und klar. Da gibt es weiter nichts zu predigen.«

Sie waren wieder auf die Wiese zurückgekommen. »Ich hoffe,« sagte jetzt der Knabe besorgt, »daß mir niemand inzwischen Dummheiten gemacht hat; eigentlich reut mich meine Zeitverschwendung in deiner Gesellschaft, weil es schließlich ziemlich belanglos ist, ob du bekehrt wirst oder nicht. – Sieh da! Da ist ja schon jemand ausgebrochen! Dacht' ich's mir doch!« Er lief, hüpfend und fliegend wie eine Zizindele, voraus. Boggi erblickte Harry Heine, der, mit seiner Krücke fuchtelnd, im Gras herumstolperte, und hörte seine scheltende Stimme. Vor ihm her schwebten, ängstlich zusammengedrängt, drei weibliche Gestalten von durchsichtigem Körperbau, die nach jedem Schlag der Krücke, die sie nie erreichte, ein Stückchen in die Höhe flatterten und dann, verwirrt spähend, auf den Platz zurücksanken.

»Ho!« schrie Heine. »Ach, das tut wohl, wenn man sich Luft machen kann! Ich gönne mir Bewegung und schikaniere diese drei luftigen Metzen. Sie glauben gar nicht, was sie mir das Leben verdorben und mich genarrt haben. Pschütt! – Sie machen einem weis, sie existieren, die verfluchten Seifenblasen. Zerstückelt müßten sie werden, zerpustet!!« – Er schöpfte mächtig Atem.

»Was machen Sie, Herr Heine!« jammerte Gabriel und fiel ihm in den Arm. »Lassen Sie mir doch meine Mütterchen in Ruh!«

»Ach was, Mütterchen!« rief der Dichter. »Du bist auch so ein windiges Produkt.« Dann, zu Boggi gewandt: »Lassen Sie sich nicht mit dem Bengel ein, Herr Kollege. Er ist zwar recht handfest, von realem Fleisch, doch er schwindelt wie gedruckt. – – Das gönne ich den drei Dirnen, daß er sie recht schröpft, wenn sie ihn aufsäugen müssen. Da steckt wenigstens noch Komik drin!«

»Herr Heine!« rief Gabriel befehlend und rasselte mit den Flügeln. Er stand spreizbeinig da, schön wie ein Blitz, und seine Muskeln bebten. »Sie werden sich auf der Stelle wieder hinter den grünen Zaun zurückziehen! Sie haben alle Disziplin verloren!«

»Hat sich was!« lachte Heine. »Ich bin guter Laune, wenn zwar etwas wackelig auf den Füßen. Doch so ein Windhund wie du hat mir noch lange nichts zu sagen!« – Und er attackierte von neuem das Trio.

»Er ist ganz außer Rand und Band«, flüsterte Gabriel Boggi zu. »Das kommt davon, wenn man anderen Leuten Gefälligkeiten erweist: da fängt dann so ein zweifelhafter Kerl wieder mit dem Denken an und geht den Illusionen zu Leibe. – Da bleibt nichts übrig; ich muß ihm deutsch meine Meinung sagen.« – Mit graziösem Schritt eilte er hinter dem Dichter her und sprang ihm auf die Schultern, wobei er ihm den Hals mit den Beinen zusammendrückte und ihm die Krücke entriß. Heine wurde zahm. Sein Kopf sank mit einem schmerzlich erschöpften Ausdruck nach vorn, und er trottete, von der Krücke sanft gelenkt, wie ein gehorsames Pferdchen mit seinem Reiter hinter den Zaun zurück.

»Und ihr«, rief Gabriel noch den Weiblein zu, »macht mir gleichfalls keine Exkursionen mehr, sondern bleibt, wo ihr hingehört!! Dort seid ihr wenigstens keiner ungalanten Behandlung mehr ausgesetzt!«

Der Garten der Illusionen

Gabriel sagte: »Hier hat man wieder eine langsamere Zeitrechnung als dort oben, wo du die ganze Menagerie und das Kreislaufsystem unseres Chefs gesehen hast. Ein ganz klein wenig Ehrfurcht hast du jetzt bereits«, sagte er verschmitzt und lächelte ihm unter seinen dunklen Wimpern zu. »Das mehrt sich und häuft sich, guter Herr, und die vielen kleinen Eindrücke schmelzen zusammen zum blendenden Gesamtkristall, in dem die ganze Materie steckt. – Du darfst jetzt bei mir übernachten; ich hoffe, daß meine Gegenwart dir noch ein wenig animalische Empfänglichkeit beibringt.« Er klappte die Flügel zusammen und warf sich aufs Bett, das einen Geruch von Humus ausströmte. Boggi streckte sich neben ihm aus. Da geschah ein Wunder: die Decke, die über beiden lag, begann in dem Glanz der Abendsonne, die durch den simplen weißen Vorhang des Fensters drang, wie ein lebendes Bilderbuch Farben um

Farben zu entfalten. Boggi setzte sich auf und staunte. Er sah das ganze tiefe Schauwunder der Schöpfung, verkleinert gleichsam, üppig aufblühen; ja, er vermeinte Stimmen zu hören, fein und zart. Adam und Eva hatten sich erhascht und umfangen; Pfauhähne prunkten im Strahlengefieder um die Wette mit rotfüßigen Fasanen, die ihre Hennen sporenzuckend umkreisten; Kater und Katze flogen als wirbelnde Silhouetten vorbei; Affen rollten, unlieb schreiend, von Ästen oder schaukelnden Lianen; ja selbst ein dickes Flußpferd, asthmatisch schnaufend, wagte einen Galopp, alles niedertrampelnd, einer schelmischen Flußstute nach, die kleine Wassersäulen aus den Naslöchern spie. – – Und siehe da! – Ein kleiner Akkord geschah, ein holder, kurzzirpender Dreiklang, und alles erstarrte. Ein blaugewandeter, graubärtiger Mann ging langsam durch die Wildnis, und alles öffnete sich vor ihm, bis er im grünen Saum an der anderen Seite der Decke verschwunden war. Dann erlosch der Abendschein, um einer hellen Dämmerung Platz zu machen.

»Was war das?« fragte Boggi fassungslos. »Hast du jeden Abend diese reizende Unterhaltung? Und wer war der kleine Graubart im blauen Mantel?«

»Das war nichts Besonderes«, sagte Gabriel, der, phlegmatisch blinzelnd, die Arme unter dem Kopf, zugesehen hatte. »Das war nur eine kleine projizierte Phantasie von mir. Der kleine Graubart ist der Beschließer, der Aufsichtsrat über all diese rührige Zeugung; ich hab' ihn mir ausgedacht; er läuft noch einmal als letzter Effekt um die Peripherie, eh das Spielwerk aussetzt.« – Er strampelte die Decke auf den Boden. »Hör',« fuhr er fort, »ich habe dir noch etwas zu sagen. – In meinen letzten Gesprächen habe ich fast den Rest meines Geistes erschöpft; von morgen ab ist mein Denken ganz kindlich; ich werde acht Jahre alt, und mein Schlußvermögen macht so kleine Sprünge, daß du nicht mehr tiefsinnig reden darfst, wenn ich dich verstehen soll. – Darum will ich das bißchen Geist, was ich jetzt noch habe, dazu verwenden, deine nächsten Geschäfte zu regeln. Du hast dich also dem Bürgermeister vorzustellen und dich begutachten zu lassen; die Leute machen gerade ihre Zwielichtpromenade. Alsdann weckst du mich, und ich will dich zum Garten der Illusionen führen. – So, und jetzt will ich schlafen.« Mit dem letzten Wort, das schon von einem ächzenden, drolligen Gähnen erstickt ward, war er rosig entschlummert. – Boggi sprang auf und ging hinaus.

Eine schattenlose Dämmerung erfüllte die Straße, die von schweigenden Gestalten, die langsam dahinschritten, belebt war. Und doch, wenngleich alle Umrisse dunkel erschienen, leuchteten die Gesichter in einem milden Schein. Besonders die Stirnen und Augen, die sich aus stummer Grübelei erhoben, um dem scheuen Jüngling einen Blick zu schenken. Jeder hielt sein Spielzeug in der Hand, das doch gleichsam ein Attribut für ihn bedeutete; mit zärtlicher und behutsamer Andacht trugen sie es bald auf flacher Handfläche, bald unter dem Arm. Boggi erkannte die Spitzen der Menschheit in ihnen wieder, die größten unter den Produktiven, und schrak fast zusammen, als er auch hier, irgendwo, das grollende Kinn unter dem Dreispitz gewahrte. Doch seine Erinnerung ward hold enttäuscht: der General saß unter einem Holunderstrauch und blies auf einer Kindertrompete.

Die Musiker trugen Triangeln, die im Gehen leise schütterten; die Dichter skandierten vor sich hin und wiederholten oft ein einzelnes Wort, dessen Klangschönheit ihnen behagen mochte; und dann machten sie Notizen in winzige Büchlein und nickten einander zu. Die Philanthropen trugen Büchschen mit Impfserum und steckten zuweilen besorgt die Nase hinein; die Philosophen hielten Pyramiden von Papierschachteln und trippelten vorsichtig und in großer Angst, ihr System möchte aus den Fugen gehn. Die Theologen führten wollige Schäflein an seidenen Bändern – sie waren am dünnsten gesät; einer unter ihnen hatte sich Wundmale an beiden Händen beigebracht, die er abwechselnd düster betrachtete. Die Maler gingen wie Nachtwandler, ohne Attribute, doch in köstlichen Kleidern, und die Bildhauer schritten in dem Schwarm ihrer eigenen belebten Werke dahin.

Und da sah Boggi, wie sich eine Gasse bildete, und faßte sich ein Herz. Der alte Herr im Schlafrock kam, die andern überragend, sein Gänseblümchen im Knopfloch des Aufschlags, die Straße herab. Boggi nahte sich mit einer tiefen Verbeugung.

»Meister!« sprach er laut. »Erlauben Sie . . .« Goethe ging weiter. Boggi war bestürzt; dann rief er:

»Erhabner Fürst der Dichtung!«

Goethe drehte sich nicht um; einige Leute blieben stehn und kicherten leise. Boggi schlich dem raschelnden Schlafrock nach. Dann flüsterte er:

»*Exzellenz!*«

Dies wirkte. Der Schlafrock hielt an und drehte sich langsam um. Dann sank er eine halbe Elle tiefer, und Boggi sah zwei köstlich gezierte Kothurne neben ihm stehen. Die Augen blickten ihm aus der Nähe ins Gesicht, diese braune, von tiefem Glanzlicht geschmückte Pupille, die, von vergilbtem Weiß umgeben, wie ein Zauberspiegel leuchtete. Die Augen blickten lange, lange, ohne Wimpernzucken, und Boggi fühlte sich durchschaut; jedes Geheimnis schien restlos preisgegeben, restlos erkannt. Doch er fühlte auch, daß diese Augen nicht urteilten, sondern nur *sahen*, hinter alle Dinge und Begriffe, und doch immerdar menschlich und gütig blieben. Und eine metallne, sonore Stimme erklang:

»Womit kann ich Ihnen gefällig sein?«

»Ich möchte zum Chef, Exzellenz. Ich bitte, mich zu empfehlen.«

Eine Bewegung ging durch die Lauschenden. Das Wort »Chef« schien zu gefallen. Jeder sah den andern an und lächelte. Goethe blieb ernst.

»Ei, und womit legitimieren Sie sich?«

»Ich habe geliebt!«

Goethe schwieg eine Weile, dann sagte er: »Das war kurz und bündig. Eine Passion, das genügt. Und welcherlei Imagination besitzen Sie, mein Werter?«

Boggi sperrte den Mund auf. Goethe begann zu schmunzeln; dann fügte er bei: »Vom ›Chef‹, versteht sich.«

Boggi sammelte sich. »Das ist verschieden, Exzellenz. Drunten besaß ich wohl nur die eine: den Kuß; doch das ist wohl eine der passendsten Imaginationen.«

»Er ist immerhin ein vortreffliches Symbolum«, sprach der alte Herr. »Er ist ein goldnes Schlößlein für End- und Anfangsring der großen Kette. Sie waren kein Jüngling, der den Himmel stürmen wollte, dünkt mich. Doch suchen Sie – unbeschadet! – des Guten und Schönen hier teilhaftig zu werden. Lassen Sie sich ganz von den Erscheinungen erfüllen, die so unablässig drängen; und Sie werden den Einzelheiten Ihre Liebe zuwenden. Alsdann wird sich Ihnen das Größte – der Chef – im Kleinsten offenbaren.« Er streichelte sein Blümchen, drehte sich langsam um, bestieg seine Kothurne und verschwand, während die andern sich gleichfalls zerstreuten.

Boggi blieb etwas enttäuscht und ernüchtert zurück. »Das wäre nun die Begutachtung«, dachte er (sie kam ihm ein wenig gemeinplätzig vor). »Aber der Sache ist damit wenig gedient; ich werde mir bei Gabriel Rat holen.« Er trat in die Kammer und an das Bett. Da wäre er fast zurückgefahren, denn ein kleines, schmalhüftiges Bürschchen mit kindlichen Gliedern lag darin. Die Flügel hatte es abgestreift; sie lagen zerknittert am Boden.

»O weh!« dachte Boggi, »nun hat er seine Fasson wieder geändert – gebe Gott, daß er noch zu brauchen ist!« Eine Anwandlung von Zärtlichkeit kam über ihn, als er den schlummernden Knaben betrachtete. »Er hat mir wacker geholfen, der Kleine; er verdient meine Dankbarkeit! ... Ich will ihn hübsch väterlich behandeln!« – Er weckte den Schlummernden. Gabriel maulte ein wenig; dann entschloß er sich, aufzustehen.

Eine köstliche Mondnacht herrschte. Der Mond war dreifach so groß, als Boggi ihn je erblickt; er stieg, von dem zarten Rundregenbogen eines Hofes umgeben, wie eine große Seifenblase über den Wäldern auf. Der kleine Knabe strampelte, ohne ein Wort zu sprechen, neben Boggi her; ab und zu lachte er ihn an, mit leisem, glucksendem Lachen, das wie verhaltene Vorfreude klang. Und es wurde heller und heller; die große, veilchenfarbene Schattenphalanx der Berge drohte mit ihren Spitzen vergebens über die Alpe herein. Etwas wie Neuschnee, kühl und fröstelnd, lag in der Luft, und leichte Blitze säumten die Gipfel, wie der verlöschende Regen eines silbernen Feuerwerks. Unten auf der Wiese, zu ihren Füßen, lag noch der warme Duft wie ein feuchter Teppich und beschützender Schleier. Je mehr sie sich in unbekannter Richtung entfernten, desto kühler wurde es. Doch Boggi spürte kein sonderliches Frösteln; eine nie gekannte innere Wärme erfüllte ihn. Auch der Knabe war vergnügt. Da zeigte auf einmal der kleine Finger nach vorn, und der Mund, zuvor spröd geschlossen, sagte mit kindlicher Stimme:

»Da! – – Der macht den Anfang!«

Boggi spähte und nahm eine Gestalt wahr, die wie eine Mücke, vom Monde angezogen, stieg und sank. Der Mond hing, rund und glotzend, eine kalkweiße, von blauen Schatten berieselte Welt, im Raume... Die Gestalt nahm an Deutlichkeit zu. Mit verrückten Gebärden, wie ein Hemd im Winde, flatterte dort ein Pierrot und warf seine Arme und Beine nach dem Takt eines unhörbaren Walzers auseinander, als wüßte er sich vor jauchzender Freude kaum zu fassen. Doch lautlos, lautlos... Bisweilen schob sich ein weißes, lächelndes Gesicht, behutsame Augen unter tanzenden Brauen, aus der schwarzen Krause der seidenen Kutte, und eine Kette von Pompons, riesige violette Chrysanthemen, raschelte bis auf die kurzen Schuhe nieder... Und im magnetischen Strom des Mondes, im silbernen Lichtkegel, geschah noch mehr; allerhand kurze Rauschverzückungen, von holden Gespenstern der Lebensfreude getanzt: ein wimmelndes, lautloses Gewühl von Masken war's... Boggi vernahm ein Geräusch von zarten, wirbelnden Akkorden; ein Geigenstöhnen wie von Samt erstickt, schelmische Skalen gleich zerprickelndem Schaumwein... Und horch, fern ein geheimnisvoller Lerchentriller und bittende Worte Colombines: ›Au clair de la Lune...‹... Dann traten sie aus dem Lichtkegel, und alles war verloschen, verklungen, vorbei.

»Na,« dachte Boggi, »wenn alle Illusionen, die ich noch zu sehen bekomme, in diesem Grade verständlich sind, so könnte mich schier ein Heimweh nach meiner früheren Station packen. – Sehen wir weiter zu. Ah, da ist ja schon das Tor! – Bei Gott, was für ein schwarzer Kolkrabe behütet denn dieses Paradies?!«

Ein hohes, durchsichtiges Gitter, zum Schutz durch eine Hecke verdoppelt, trat rechts und links vor ihnen auseinander. Sie kamen in eine Art Einfahrt; und der schwarze Kolkrabe hüpfte vor sie hin und sagte mit weicher, krächzender Stimme:

»Ich bitte um Ihren Paß!«

Eigentlich war es gar kein Rabe, sondern ein weißhaariger, schwarzgekleideter kleiner Professor, durch dessen goldene Brille

(»o liebe Textkritik!« – dachte Boggi) zwei muntere, fast schelmische Augen blitzten.

»Ja,« sagte Boggi, »einen Paß habe ich nicht, aber einen Begleiter, der mich wohl empfiehlt.« Und er hielt den Knaben in die Höhe. Die Brille fuhr kurz an ihm herab und herauf und konstatierte: »Das genügt. Diesen Homunkulus kennen wir. Kommen Sie.« – Der Professor trat voran; er zog wie ein Täuberich bei jedem Schritte den Kopf etwas zwischen die Schultern. Da aber nahm Gabriel plötzlich sein Händchen aus der Hand Boggis, rief klingend und lieblich: »Leb' wohl!« und verschwand spurlos.

Boggi rief vergeblich; er war schier untröstlich, bis der Professor Notiz nahm und sich umwandte. – »Ja, ja«, sagte er. »Seien Sie ruhig; es hat nichts auf sich, daß der Kleine Ihnen entlaufen ist. – Er gehört auch zu den Illusionen, ist also unsterblich und folglich immer da, wenn Sie ihn brauchen. Jetzt habe ich die Führung übernommen, und mir als Philologen dürfte es mit Fug zustehen, Ihren Cicerone abzugeben.«

»Ich bin zum Hüter bestellt«, fuhr er fort. »Ich bin Klassiker, wie Sie ja auch an meinem Äußeren sehen« – er sah fast verschämt an sich nieder – »und demgemäß Verwalter aller großen Begriffe, an die sich Illusionen knüpfen. Sehen Sie, die Sprache, vornehmlich die griechische, ist eine Bildergalerie; sie enthält viel traditionelle, eingerahmte Wörter, die ich vor Verallgemeinerung schützen muß. – Ja, ja, die Verallgemeinerung!« summte er. »Da geht es dann schnell bergab mit so einer Illusion. Wenn sie nicht im vornherein genug Knochenmark hat, verkümmert und verblaßt sie, und ich muß alsdann mein stärkstes Brillenglas nehmen, um ihr Dasein zu beglaubigen.«

Der Mondschein erzeugte eine Tageshelle. Vom tiefschwarzen Samt der Schatten gesprenkelt, öffnete sich vor ihnen ein Heckengarten mit glitzernden Bassins. Fontänen warfen stille, zerstäubende Perlengarben empor, und irgendwo in der Ferne sang ein Vogel eintönig und lockend. Im Umkreis, an den Mündungen verdämmernder Laubengänge, standen dorische Rundtempelchen von schimmerndem Marmor, und auf den Wiesen ergingen sich, verschiedengestaltet wie ein buntester Strauß, Abbilder von Menschen, vervollkommnet gleich leuchtenden Blumen von Fleisch, in köstlicher Form, immer neu erdacht und ausgestaltet – ein lautlos überwältigender Hymnus auf die Harmonie der Bewegung.

»Hier sehen Sie«, sprach der Professor, »die Auslese der Illusionen; der Typus ›Mensch‹ ist zart und kunstvoll verwertet, um Wesen von großer Harmonie zu zeugen. So eine Illusion ist ungreifbar, unfaßlich; deshalb gibt es auch keine Persönlichkeiten hier, sondern nur das, was ihr ›Seelen‹ nennt, eben die Quintessenz großer Deckwörter, vage Vorstellungen solcher Begriffe. Denn die Begriffe selbst wurden noch nie konkret, und das ›Ding an sich‹ ist hier äußerst verpönt. Alles, was Sie wollen: Wörter, die auf dem Daunenpfühl der Überlieferung schlummern; traditionsstolze, einsame Begriffe, von sterbenden Helden oder großen Staatsleuten mit Vorliebe verwendet; auch Familienwörter, die mit einem Händedruck vererbt werden, Wörter unter Glas und Wörter, die mit jedem Frühling neu werden; alle diese gibt es hier, werden hier aufbewahrt, gehütet, gepflegt.«

»Und welche Liebschaft haben Sie, Herr Professor?« fragte Boggi, in das silberne Gewimmel starrend.

Der Gelehrte lächelte fein; er bekam Wasser in die Augen. »Sie werden das schwer verstehen; ich habe abgeschlossen mit jugendlichen Begriffen, und mein Herz erwärmt sich nur mehr am Abstrakten – es ist, verzeihen Sie, eben ein echtes Philologenherz! – ›Tugend‹ und ›Freundschaft‹ sind meine Lieblinge. Unentbehrlich ist mir auch die liebliche ›Agape‹, ja ich kann wohl sagen, daß sie mir im Grunde bei allem die Hauptsache ist.«

»Also goutieren Sie auch den kleinen Abkömmling dieser drei Mütter, der mich hierhergebracht hat?«

»Nun freilich, freilich«, sagte der Professor gedehnt und ehrfurchtsvoll (und doch mit einer sonderbar verschmitzten Miene): »Von dem plaudern wir noch später. – Die bunten, koketten Leutchen, die hier in den Laubengängen auf und nieder laufen, sind meist nur Bastarde, von heterogenen Begriffen gezeugt, ephemere Geschöpfe, Schlagwörter. Doch nun«, schloß er, »müssen Sie mich entschuldigen, wenn ich etwas mit dem Sprechen aussetze. Es herrscht, wie Sie ja wohl schon gemerkt haben werden, hier im Himmel mehr der Brauch des Betrachtens.« Beide gingen schweigend weiter. Als sie an einem der Tempelchen vorüberkamen, schritt der Gelehrte – er nahm sich sonderbar genug aus: schwarz und sinnlos in all der Farbenheiterkeit – zwischen den Säulen hinein, fachte das goldene Flämmchen, das in der Mitte brannte, sorgsam an und fuhr mit den runzeligen Fingern an der Kannelierung herab, wobei eine einzige, kleine, gerührte Träne sein Brillenglas trübte. Er nahm es herab und zwinkerte, kurzsichtig wie er war, mit einer drolligen Grimasse gleich einem geblendeten Kauz, bis er das Glas wieder geputzt hatte. Der kleine Professor begann Boggi lieb und wert zu werden, und er gab sorgsam acht, Schritt mit der morschen Gestalt zu halten, die gedankenvoll mit dem Kopfe nickte.

Und wie sie so dahinschritten, zögerte die Zeit, sie schien sich selbst einzulullen, sie schlief ein; und Boggi empfand – zum zweiten Male – die Betäubung des absolut Leeren; doch seine Genugtuung war groß. Der Mond schwebte, festgebannt, stets die gleiche kalkweiße, von blauen Schatten berieselte Welt, über dem Wundergarten, Wellen, gleichbleibende Wellen herabsendend im ewigen Rhythmus des Lichts. Und nun geschah es, daß der junge Mann sich verwandelt fühlte, ganz verwandelt. Der Spott versiegte wie ein müdes Bächlein, und die Ehrfurcht wucherte wie ungebärdiges Wachstum auf dem neu beackerten Boden seines Gemütes auf. »Nun beginne auch ich zu staunen«, sagte er sich und zitterte. »Ist das das Ende?«

Er wagte es, das Schweigen zu brechen.

»Herr Professor,« fragte er, »und was ist – – die größte, die Hauptillusion?«

Der Professor war zusammengefahren. Dann lächelte er wieder eigentümlich.

»Sie fragen: Was ist Wahrheit? – Ja, sehen Sie, Sie wollen es immer noch, dies ›Ding an sich‹. – Ich will's Ihnen aber verraten. Die größte Illusion ist der, zu dem Sie wollen.«

»Also der – Chef?«

»Ja.«

»Und was ist der Chef?«

Der Professor sparte sich die Antwort noch ein weniges auf. »Kommen Sie, ich will Ihnen etwas zeigen.« Der Weg stieg, und sie kletterten schweigend viele, viele Stunden lang. Endlich gelangten sie an eine Höhle, einem Tunnel vergleichbar, an deren Ende ein flammend rotes Dreieck glänzte. Sie schritten hinein, auf das Dreieck zu, das den Ausgang der Höhle bildete.

Der Professor hob die Hand. –»Gehen Sie durch; da werden Sie Ihren kleinen Freund wiederfinden und den ... Chef erkennen.« Er selbst schritt zurück und zwinkerte heftig, denn seine Augen waren sehr geblendet. – Boggi trat aus dem Ausgang und sah sich um.

Er stand auf einer kurzen Halde, und ringsum blauten Abgründe. Er stand in kahler, einsamer, herrlicher Höhe. Die Sonne ging auf. Die Sonne, wie ein rotes Meer von Feuer, brandete mit Licht, purpurn zerrieselndem Licht über den hellblauen Himmel: sie färbte Bergspitzen über Bergspitzen; sie feierte ein mächtiges, schier zürnendes Auferstehen. Sie war wie ein Schild und ein Hagel von Glanzpfeilen und kühler Glut; sie war wie eine Schlacht; sie siegte; und alles beugte sich vor ihr, übergossen von rosiger Scham, erschauernd in Demut bis in unendliche Ferne.

Boggi fiel nieder. Und als er die Augen wieder erhob, sah er vor sich, im kurzen Gras, ein Kind sitzen, ein kleines, rosiges Kind. Dies hatte seine Händchen auf den Boden gestemmt und schaute mit geöffnetem Mund mitten in die Sonne hinein; ein kleines, unmündiges Kind war's in der gigantischen Einsamkeit der Bergwelt. Es staunte und saß regungslos, nur in sein Staunen verloren. Und auch Boggi staunte, und staunend dachte er:»Dies ist ... der Chef; ein Kindchen klein, das nicht einmal ›Ich!‹ sagt; das ganze Weltall lebt in ihm, schlackenlos, rein und von keinem Gedanken zerstückelt. Es sieht die Größe und staunt; es ist dumm und klein und sitzt auf einer Berghalde und weiß sich nicht zu fassen ...«

Eine Reue überkam ihn, überwältigend, furchtbar.»Und ich? – habe ich ihn je erkannt? – Habe ich je auf einer Halde gesessen und in die Sonne gestaunt? ...« Er wendete die Augen ab; ein Schluchzen schüttelte ihn. – Da sah er ein gefiedertes Blättchen unter seinem Gesicht; er hatte nie etwas Schöneres gesehen. Er streichelte es; es war ihm ein Wunder; ein unfaßliches Wunder.

Er lag und starrte es an.

Die Sonne stieg höher, rein, flammend; langsam und gewaltig trat sie ihren Kreislauf an. Boggis Gedanken schwanden. – – Er lag da; er hörte ein kleines, helles Jauchzen und lächelte; er sah das Kindchen, wie es sich leuchtend im Grase hin und her rollte.

Dann wurde es blau in ihm, immer blauer und blauer . . .

Als das Muttersöhnchen nach Hause kam, fand es den Meister mit einem sonderbaren Ausdruck tot auf seinem Bette liegen, und um ihn her standen sechzehn geleerte Liköre. Es rannte fassungslos fort und holte die anderen zusammen. – Sie kamen, verwildert und angetrunken, und nahmen ihm eine Gipsmaske ab.

Und dann, da er ihnen auf diese Art entzogen war, beklagten sie auch die Beträge, die sie nun und nimmer zurückerhalten sollten, und sahen sich nach einer Hinterlassenschaft um. Doch gelang es ihnen nicht, Gegenstände von Wert an Boggi zu entdecken.

So gewann denn, von keinen reellen Gesichtspunkten mehr beeinträchtigt, die ungetrübte Trauer wieder die Oberhand, und sie setzten ihn bei, schändlich frierend (man zählte den achtundzwanzigsten November), mit zartem Taktgefühl neben das schmucklose Grab eines ehemaligen Nähmädchens, eben desjenigen »Weibes, das nicht die Kraft besessen, sich gegen das Leben zu wehren«.

Über tredition

Eigenes Buch veröffentlichen

tredition wurde 2006 in Hamburg gegründet und hat seither mehrere tausend Buchtitel veröffentlicht. Autoren veröffentlichen in wenigen leichten Schritten gedruckte Bücher, e-Books und audio-Books. tredition hat das Ziel, die beste und fairste Veröffentlichungsmöglichkeit für Autoren zu bieten.

tredition wurde mit der Erkenntnis gegründet, dass nur etwa jedes 200. bei Verlagen eingereichte Manuskript veröffentlicht wird. Dabei hat jedes Buch seinen Markt, also seine Leser. tredition sorgt dafür, dass für jedes Buch die Leserschaft auch erreicht wird.

Im einzigartigen Literatur-Netzwerk von tredition bieten zahlreiche Literatur-Partner (das sind Lektoren, Übersetzer, Hörbuchsprecher und Illustratoren) ihre Dienstleistung an, um Manuskripte zu verbessern oder die Vielfalt zu erhöhen. Autoren vereinbaren direkt mit den Literatur-Partnern die Konditionen ihrer Zusammenarbeit und partizipieren gemeinsam am Erfolg des Buches.

Das gesamte Verlagsprogramm von tredition ist bei allen stationären Buchhandlungen und Online-Buchhändlern wie z. B. Amazon erhältlich. e-Books stehen bei den führenden Online-Portalen (z. B. iBookstore von Apple oder Kindle von Amazon) zum Verkauf.

Einfach leicht ein Buch veröffentlichen: **www.tredition.de**

Eigene Buchreihe oder eigenen Verlag gründen

Seit 2009 bietet tredition sein Verlagskonzept auch als sogenanntes "White-Label" an. Das bedeutet, dass andere Unternehmen, Institutionen und Personen risikofrei und unkompliziert selbst zum Herausgeber von Büchern und Buchreihen unter eigener Marke werden können. tredition übernimmt dabei das komplette Herstellungs- und Distributionsrisiko.

Zahlreiche Zeitschriften-, Zeitungs- und Buchverlage, Universitäten, Forschungseinrichtungen u.v.m. nutzen diese Dienstleistung von tredition, um unter eigener Marke ohne Risiko Bücher zu verlegen.

Alle Informationen im Internet: **www.tredition.de/fuer-verlage**

tredition wurde mit mehreren Innovationspreisen ausgezeichnet, u. a. mit dem Webfuture Award und dem Innovationspreis der Buch Digitale.

tredition ist Mitglied im Börsenverein des Deutschen Buchhandels.

Dieses Werk elektronisch lesen

Dieses Werk ist Teil der Gutenberg-DE Edition DVD. Diese enthält das komplette Archiv des Projekt Gutenberg-DE. Die DVD ist im Internet erhältlich auf **http://gutenbergshop.abc.de**

.

Zeitfracht Medien GmbH
Ferdinand-Jühlke-Straße 7
99095 Erfurt, Deutschland
produktsicherheit@kolibri360.de